大唐
诗客

白落梅

著

湖南文艺出版社
HUNAN LITERATURE AND ART PUBLISHING HOUSE

博集天卷
CS-BOOKY

我本楚狂人，凤歌笑孔丘。

——李白

无边落木萧萧下，不尽长江滚滚来。

——杜甫

行到水穷处，坐看云起时。

——王维

我有一瓢酒，可以慰风尘。

——韦应物

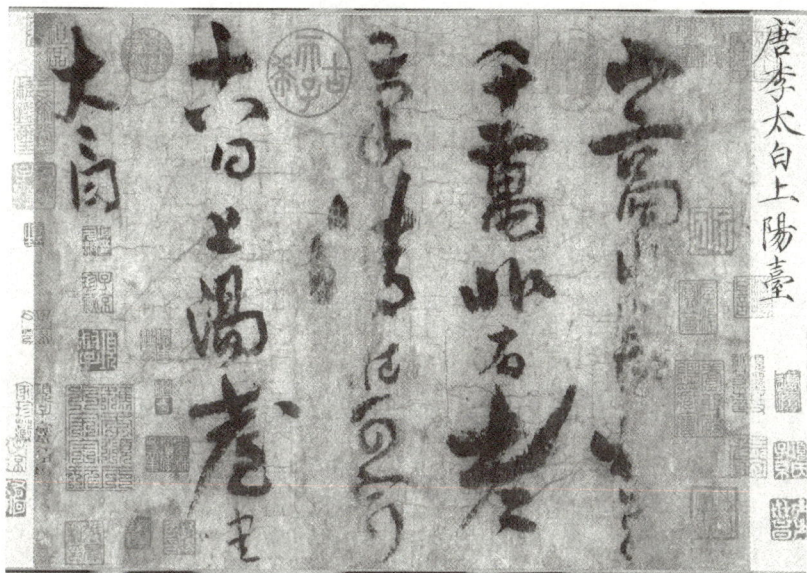

山高水长，物象千万，非有老笔，清壮何穷。十八日，上阳台书，太白。

李白《上阳台帖》（故宫博物院藏）

天宝三年（744年），李白与杜甫、高适一同游王屋山阳台观，并欲拜访亦师亦友的道士司马承祯。到达阳台观后，三人才得知司马承祯已经去世多年。不见其人，唯睹其画，李白有感而书《上阳台帖》。

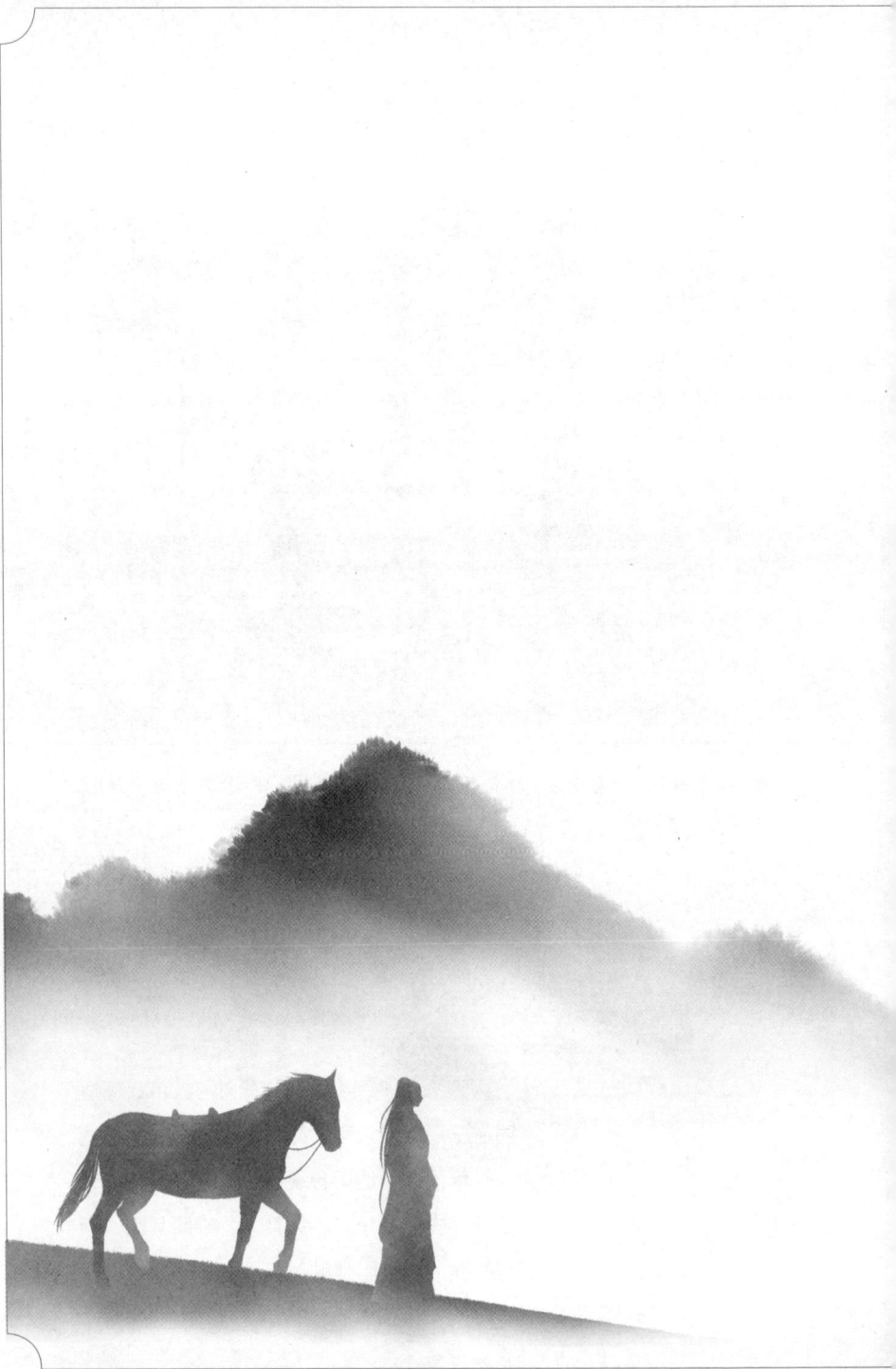

事了拂衣去，深藏身与名

天下熙熙攘攘，光阴来来去去。

岁影飞逝，一日可作千年，千年也只是一瞬。

说他们是大唐的过客，亦无不可——尽管，他们在浩瀚如烟的盛世里，为官为相，自命不凡；尽管，他们在花天锦地的长安城，汲汲营营，诗酒风流。

大唐盛世，软红十丈，闾阎扑地。那个以诗为命的朝代，无论你在街市酒馆，还是紫陌红尘，或山野断桥，皆可逢一诗客，与之吟咏几番。

千年已过，都说山水有相逢，但他们若草木山石一般，被遗落在遥远的岁月里。为了一段不必坚执的诺言，守口如瓶。

唐朝诗人，个个才华惊世，人品若仙。他们或出身官宦世家，或出身寒微门第，虽说都是潇洒不羁，小舟江海，但也都不忘仕途，争名夺利。

"也笑长安名利处，红尘半是马蹄翻。"仕宦坎坷，浮沉难料，昨日也许显赫朝堂，明朝或已贬去天涯。

我读唐诗，幼时至今，每一次皆有不同的感触、不同的深味。相信你们读唐诗，亦是如此。

千百首诗，千百种意境。有年华易逝的感慨，有天涯羁旅的愁思，有思亲念友的孤独，亦有怀才不遇的寂寥。有儿女情长，亦有离愁别绪。

曾经喜爱"情人怨遥夜，竟夕起相思"的多情，如今却爱"千山鸟飞绝，万径人踪灭"的清冷。

曾经喜爱"春风得意马蹄疾，一日看尽长安花"的飞扬神采，如今却爱"草色人心相与闲，是非名利有无间"的淡泊悠远。

曾经是"浮云游子意，落日故人情"，如今是"行到水穷处，坐看云起时"。

曾经是"青春须早为，岂能长少年"，如今是"一悟寂为乐，此生闲有余"。

这本书，不再是单纯的诗词赏析，而是写大唐诗客的人生际遇、官场浮沉、情感历程。

他们驰骋朝堂的风起云涌，波澜壮阔；他们行经红尘的风流韵事，离合悲欢；他们纵情江湖的快意逍遥，诗酒风华。

千年了，以为被时光耽搁太久，被风尘掩埋太深。却不知，你和我，从不曾遗忘那段浩荡的历史，亦没有错过那场盛世的华丽。

大唐人物，几多慷慨，几多风流。唐诗三百，无人不读，无人不喜。

此刻，云在风中变幻，雨似要落下来。人在风景中，亦成了风景。

江湖很大亦很小，很远亦很近。我们可以在唐诗里与唐人相遇，亦可以在唐诗里与唐人重逢。

所谓缘分，即是如此。

他说，我有一瓢酒，可以慰风尘。

他说，事了拂衣去，深藏身与名。

他说，山中无历日，寒尽不知年。

白落梅

大唐诗客

目录

卷五

天意怜幽草，人间重晚晴

卷一

无论去与住，
俱是梦中人

骆宾王

执笔为剑，讨伐帝王，落得不知所终

一 少年识事浅，不知交道难

我对骆宾王最初的认识，是幼时学堂里所读的《咏鹅》。

后来，知道他是初唐四杰之一，与王勃、杨炯、卢照邻齐名。

再后来，知道他随徐敬业起兵讨伐武则天，撰写《为徐敬业讨武曌檄》。徐敬业败亡，骆宾王亦是下落不明。有人说他被乱军所杀；有人说他隐姓埋名，做了山野农夫；亦有人说他逃去深林古刹，遁入空门。

初唐四杰，皆满腹经纶，才高八斗，本可豪情万丈，冠绝天下，但他们却都带着悲情的色彩，人生坎坷，怀才不遇。明明可以挥笔洒墨，行文如雨，不尽风流，却都成了盛世里的匆匆过客。

红尘诸事，皆有缘法。人与人之间，人与文之间，乃至人所处的时代、邂逅的故事，皆有因果安排。

在大唐，那个以诗为命的年代，一支笔，可吟咏山水，换取功名。亦可执笔为剑，讨伐帝王，气吞河山。

大唐才子，一时秀茂，无与伦比。他们除了饱览诗书，心怀锦绣，更多是借着诗文沃土，滋长了闲情。生于大唐那个伟大璀璨的时代，又何尝不是一种宿世的缘分？

泱泱大唐，才子纷纷，长安街巷，不缺诗客，但缺了赏识人才之人。深谷幽兰不被人识，非它馨香不足，只为诗客未至；玉藏璞中，非它材质不佳，只因未逢匠人之寻。

能在千万人中脱颖而出，风华绝代，自是不世豪才。这个人真实地存在，似一颗明珠，闪烁于大唐的天空，他即是骆宾王。

骆宾王，字观光，出身寒门，生在义乌，自幼聪颖，七岁能诗，有神童之美誉。他的名与字取自《易经·观卦》："观国之光，利用宾于王。"

"鹅，鹅，鹅，曲项向天歌。白毛浮绿水，红掌拨清波。"这首《咏鹅》，据说是骆宾王七岁时所作。

那日，家中有客至，他随在左右。当行过村外池塘时，见其间白鹅咏歌，红掌分翠，应客人要求，创作了《咏鹅》一诗。

浅淡的词语间，意境清新，措辞活泼，似见那波上白影，轻拨翠水，曲项而歌。一个七岁的孩童，竟有如此敏捷才思，在场之人无不称奇。

后来，这首小诗流传了千年之久，被世人吟诵至今。

二 莫将流水引，空向俗人弹

骆宾王的才华，没有被平淡的岁月洗去，沦为凡庸。但他的处境，却因其父亲病亡任所，而变得飘摇不定。他虽背负才学，却孤身江湖，过着落魄无主的日子。

他确有诗名，文采斐然，但那短词小句，也只能换一酒一饭，暂寄檐下。他洒脱不羁，至情至性；一袋书卷，是他闯荡江湖的全部行装。

他交游四海，不管浮沉聚散，与之唱和的，不是多才诗客，亦非缙绅人家。他也流连市井，大醉红尘，与凡夫为朋，和豪客相知。

世事风高浪急，那时的骆宾王需要一处栖身之所，缺一位赏识其才情的伯乐。他看似在游荡徘徊，实则亦在等候时机。

飘零的岁月并未令其才思枯竭。他知道，不能这样一生浪荡，落拓无名。

直到二十三岁时，骆宾王才肯放下身姿，成了道王李元庆府僚。李元庆知他才高八斗，欲让其展示，他却耻以卖弄，不肯随意挥洒其才。

若非衣食不继，为着温饱，亦不肯屈志府属。更何况让他展翅炫羽，怕空惹燕雀之讥。

　　他自诩才高，风骨翩然，又怎肯向世间的庸人俗客去低眉折腰？

　　他作《咏怀》一诗，欲诉万千愁思。那支可勾勒山河的笔，不知去何处泼洒豪情，惊动众生。

咏怀

少年识事浅，不知交道难。

一言芬若桂，四海臭如兰。

宝剑思存楚，金锤许报韩。

虚心徒有托，循迹谅无端。

太息关山险，吁嗟岁月阑。

忘机殊会俗，守拙异怀安。

阮籍空长啸，刘琨独未欢。

十步庭芳敛，三秋陇月团。

槐疏非尽意，松晚夜凌寒。

悲调弦中急，穷愁醉里宽。

莫将流水引，空向俗人弹。

　　都道寸阴如金，细思来，又未必真切。在骆宾王眼中，未达功名之前，岁月不过是花开花落。

　　如此，这位落魄天才又在江湖游荡了几年，之后再逢机遇，拜奉礼郎，为东台详正学士。

他的性格颇有豪侠之气，故仕途间亦不能平坦。不久便因事遭贬，从军至西域，守卫边疆。

三 无人信高洁，谁为表予心

一代文客，比之寻常人，更是免不了人世浮沉，盛衰消长。

直至仪凤三年（678年），骆宾王调任长安主簿，又由长安主簿入朝为侍御史。这应该是他在仕途上最为得意的时光，此后，盛景繁时不复重来。

这些年，他在人间起落，任文思萧疏，诗情荒芜，但始终相信，积压已久的才思，会在某个时节，似波涛汹涌，不可遏止。

骆宾王倾尽文笔及心力，写下了名作《帝京篇》，并投赠吏部侍郎裴行俭。

此诗为初唐时期极为罕见的长篇，描绘了大唐长安的繁华，气韵流畅，不同凡响。在当时，可与卢照邻的《长安古意》相媲美。

帝京篇（节选）

山河千里国，城阙九重门。

不睹皇居壮，安知天子尊！

皇居帝里崤函谷，鹑野龙山侯甸服。

五纬连影集星躔，八水分流横地轴。

秦塞重关一百二，汉家离宫三十六。

清代沈德潜《唐诗别裁》这样评价："作帝京篇，自应冠冕堂皇，敷陈主德。此因己之不遇而言，故始盛而以衰飒终也。首叙形势之雄，宫阙之壮；次述王侯贵戚游侠倡家之奢侈无度；至'古来'以下，慨世道之变迁；'已矣哉'以下，伤一己之湮滞。此非诗之正声也，向来推重此篇，故采之以备一体。"

骆宾王的《帝京篇》瞬间传遍京师，被时人奉为绝唱。

仿佛在一夜间，他又回到幼年的时光，集万千荣耀，受命运恩宠。数年的沉寂，春来春去，所为的亦只是一展才学，不负此生。

"古来荣利若浮云，人生倚伏信难分。"他在武则天掌权期间，壮志难酬，又性格耿直，不肯依附。但官场险恶，朝堂上尔虞我诈的争斗，又岂是他一介文人所能应付得了的？

果然，骆宾王因多次上书论事，触恼武则天。又遭人诬陷，含冤入狱。他苦心经营的功名，因为此番"罪行"而一落千丈。

若非性情直爽，爱管闲事，亦不会招惹是非，有此灾劫。他在狱中作诗，自证清白。

在狱咏蝉

西陆蝉声唱，南冠客思深。

不堪玄鬓影，来对白头吟。

露重飞难进，风多响易沉。

无人信高洁，谁为表予心。

　　诗人以蝉喻己，寄情于物。他自问有蝉的高洁品行，一身浩然正气，缘何会遭人算计？只是如今身在狱中，百口莫辩，谁还能信其清白，代其表述内心的冤屈？

　　孟子云：“天将降大任于斯人也，必先苦其心志，劳其筋骨，饿其体肤，空乏其身，行拂乱其所为，所以动心忍性，曾益其所不能。”世浪尘涛，奔湍不息，成大事者须披荆斩棘，无畏无惧。当下的他，只能隐忍，等待朝廷的释放。

　　直到次年秋天，骆宾王才得以遇赦出狱。

　　这年冬日，他去往幽燕一带，在冰冷的易水畔送别友人。望着一江寒水，发思古之幽情，赋诗：

于易水送别

此地别燕丹，壮士发冲冠。

昔时人已没，今日水犹寒。

　　虽是送别，却毫无别离之景。此地曾是荆轲刺秦时，燕太子丹送别荆轲之处。《战国策》有云：“风萧萧兮易水寒，壮士一去兮不复还！”

　　诗中表达了他对英雄的仰慕，昔日易水之别，与今日易水送人，同样壮怀激烈。

他希望得遇良主，凭借自身的才学，匡扶大唐江山。如若需要，他甚至可以做一个慷慨赴死的壮士，从容而行，一去不返。

很可惜，朝廷给了他一个微小的官职，让他出任临海县丞，他也因此被世人称为"骆临海"。以他的才能，屈就于此，实在是可悲可叹。

骆宾王不甘逗留，弃下微职，打算江海漂游。

四 时有桃源客，来访竹林人

嗣圣元年（684年），武则天废中宗李显，立李旦为帝，自己临朝称制。

这年九月，徐敬业打着"匡复唐室"之口号，在扬州起兵，征讨武则天。

于骆宾王而言，此乃天赐良机，随即赴身前往，并写下著名的《为徐敬业讨武曌檄》，告知天下，共讨武则天。

开篇便历数武氏之罪恶昭彰，言辞锋利，慷慨激昂，气势恢宏，驰骋古今。

"伪临朝武氏者，性非和顺，地实寒微。昔充太宗下陈，曾以更衣入侍。洎乎晚节，秽乱春宫。潜隐先帝之私，阴图后房之嬖。入门见嫉，蛾眉不肯让人；掩袖工谗，狐媚偏能惑主……"

武则天看到这篇檄文，开始时甚是平静，波澜不惊。但当她读到"一抔之土未干，六尺之孤何托"之句时，不禁动容。惊问此文为何人所写，答乃骆宾王。她叹："宰相安得失此人！"可见武则天颇有惋惜之意。

然一切晚矣，骆宾王此生潦倒，多因朝堂无道。他官职卑微，难遇明主，纵才高惊世，也只能付之流水。

试想，若武则天对之加以重用，或许他的人生会有一番惊天动地的改变。

骆宾王在军中，抚剑而吟，那时的他，怕已是无所畏惧。知遇之恩，虽是难报；不遇之恨，最是难消。

他登上城楼，写道："城上风威冷，江中水气寒。戎衣何日定，歌舞入长安。"

徐敬业起兵短短三个月，便溃不成军，一败如覆水。后其于逃亡路上，被其部下所杀。自古成王败寇是寻常之事，无可喜，亦无可悲。

骆宾王在一片硝烟中趁乱而逃，亡命天涯，不知所终。

纵天下平定，江山如画，他亦再无机会载歌载舞入长安了。他的梦想，连同他的功名、他的志向，以及在这世间的所有，都随着这场战争一起败了。除了身后名，骆宾王此生可谓一无所获。

关于骆宾王的结局，至今仍是个谜。如此多好，生在大唐，死于大唐，去往何处，死于何乡，又何须在意。与他同一时代，无论平凡百姓，还是英雄豪杰，乃至帝王将相，都只有一个归处。

《新唐书》传说他"亡命不知所之"。他或随徐敬业一同赴死，那倒也痛快。又或真的避难于荒寺，落发为僧，芒鞋竹杖，遍游名山。也许，他独自去往易水之畔，执剑自刎，只是可怜连一个饯别之人亦无。

传说很美，却未必真的与之相关。"时有桃源客，来访竹林人。"我自是希望他寻得一静谧之所，茅檐竹舍，诗酒余生。

希望他活到白发苍苍，忘记过去种种，把一切当作前世之事。

王勃

大唐的神童，在那片华美的时空短暂停留

一 海内存知己，天涯若比邻

"落霞与孤鹜齐飞，秋水共长天一色。"这是世人对王勃最深刻的认识。大唐以后的时空，再无人可写出如此恢宏之句。

造物有情，大自然锦绣无穷，给人以梦想，以遐思。人生亦有缘，虽隔了千年时光，仍可以同游一片山水，共赴一派山河。

我曾几番游滕王阁，登高望远，感世事风云，岁月渺渺。远处的山川平原尽收眼底，楼宇亭阁皆是百姓人家。赣水悠悠，蜿蜒曲折，只是寻不到当年孤舟，亦不见大唐舞动的帆影。

多少年过去了，滕王阁一如既往，如被众星捧月一般，伫立于江水之畔，壮丽雄伟，巍峨华美。

失意时去过，得志时亦去过，它不因你落拓江湖而失色，亦不因你富贵名望而添彩。

他说："胜地不常，盛筵难再；兰亭已矣，梓泽丘墟。"

当年盛宴难逢，人间知己难遇。像王勃那样的神童人物，也只是途经了大唐的一段时光，参与一次盛宴，登高作了一篇赋，便仓促离去。

时光啊，它不知掩藏于何处，寻之无迹，留之不得。就连锦绣无比的大唐，除了几段青史、数卷诗文外，能找到的不过瓷盘玉石、寻常物事。

它或藏在文人墨笔下，匿在丹青尺牍间，谱一曲杨柳东风，折一梦烟雨江南。开卷时，它在；掩卷时，又不见了。

王勃究竟是怎样的一个人物？他乃初唐四杰之一，生来不是凡骨俗胎。

他生在初唐，那时，河山亦多锦绣，遍地尽是英才。"大唐才子天团"正如雨后春笋般，蓬勃而发，遍生神州。

王勃聪慧好学，文思巧妙，不遑多让。他六岁便能写诗，含吐珠玉，吟咏有华；九岁时，已能撰写《指瑕》十卷，指出前人解读《汉书》的纰缪；十岁时，饱览六经，胸怀武库；十二岁时，在长安学易习医，对"三才六甲之事，明堂玉匮之数"颇多知晓。

二 落霞与孤鹜齐飞，秋水共长天一色

十四岁那年，王勃在探望父亲的途中，风送滕王阁，即席成

书，写就旷世名篇《滕王阁序》。

虽然在写作时间和成文故事上，颇有争议，但不能否定，他的才思旷古绝今。

据五代时人王定保记载："王勃著《滕王阁序》，时年十四。都督阎公不之信。勃虽在座，而阎公意属子婿孟学士者为之，已宿构矣。及以笔纸巡让宾客，勃不辞让。公大怒，拂衣而起，专令人伺其下笔。第一报云：'南昌故郡，洪都新府。'公曰：'亦是老先生常谈！'又报云：'星分翼轸，地接衡庐。'公闻之，沉吟不言。又云：'落霞与孤鹜齐飞，秋水共长天一色。'公矍然而起曰：'此真天才，当垂不朽矣。'遂亟请宴所，极欢而罢。"

王勃说自己虽一介书生，地位卑微，却像班超一样，有投笔从戎的豪情、乘风破浪的壮志；虽不是谢玄那样的高贵子弟，却有幸来此物华天宝、人杰地灵之地参加宴会。

"天高地迥，觉宇宙之无穷；兴尽悲来，识盈虚之有数。"他的赋，不仅辞藻华美，更蕴含了深刻的人生哲理。

明代杨慎《丹铅总录》曾评论王勃："以十四岁之童子，胸中万卷，千载之下，宿儒犹不能知其出处。"

他的一生，短暂而又灿亮，就如划过天际的流星，烨熠有光。他以才为命，人生虽简短急促，却潇洒不凡。

人生百年，有人走过漫长的一生，却碌碌无为，劳而无功；有人片刻停留，却流芳百世，千古风流。

王勃属于早慧之人，他幼年能诗擅文，便有"神童"之称。十四五岁时，上书权要，陈述政见，找寻机会，积极入仕。十六岁时，应幽素科及第，授了朝散郎，成了当时最年少的朝廷命官。

三 别路馀千里，深恩重百年

王勃为求唐高宗赏识，献《乾元殿颂》，以表达其入仕决心。他才思如涌，锦口玉心，以其绮丽之文章，深得高宗器重，惊叹他为大唐奇才。

他一时间声名大振，如此便与杨炯、卢照邻、骆宾王一起被时人称为"初唐四杰"，并居在首位。

王勃如愿以偿，步入仕途，风流年少，便当上朝散郎，神采飞扬。之后经人介绍，担任了沛王府修撰，并深得沛王喜爱。

然而，他虽才华横溢，毕竟年事太轻，稚气未退。他的博学多才，无法填补他的阅历不足。

那日，沛王闲来无事，与英王斗鸡，本是王子间的寻常玩乐。王勃一时兴起，写了篇《檄英王鸡》。其实他不过是欲借此事，展弄文采，助兴而已。

岂料文章传至高宗手中，惹得圣颜大怒，只道王勃如此才识，不但不对二王进行劝诫，反作檄文——檄文是用来声讨敌人和叛逆者的文书——挑拨。

　　高宗误解王勃撰文乃搬弄是非，推涛作浪。触怒了君王，其下场不言而喻，王勃被逐出长安。

　　那时的他，其实还是个涉世未深的少年，怎知官场风云变幻，始料不及。凭借自己过人的才华和可遇不可求的机缘铺成的锦绣仕途，一朝成空。

　　世事无常，瞬息万变。文人的笔，可曲尽其妙，亦锋利似刀。文人的笔，可讽刺伤人，亦经常自残自伤，甚至为此落难丢命。

　　在那个专制时代，许多文人借笔成事，因文惹祸。王勃因为一纸文章，盛名长安；又因一纸文章，辗转江湖。

四　客心千里倦，春事一朝归

　　他背着失落，离开了长安，但他人生的厄运，并未终结。他乘舟而行，游蜀地，观河山万里，叹人世浮沉，前途悲凉。

　　那时的王勃，已无初时的意气风发，虽风华正茂，却有沧桑之态。他游山水，结文友，著诗文，释放心中苦闷。

　　这期间，他写了几首送别诗，是送人，亦是送己。

秋日别王长史

别路馀千里，深恩重百年。

正悲西候日，更动北梁篇。

野色笼寒雾，山光敛暮烟。

终知难再奉，怀德自潸然。

江亭夜月送别二首

其一

江送巴南水，山横塞北云。

津亭秋月夜，谁见泣离群？

其二

乱烟笼碧砌，飞月向南端。

寂寞离亭掩，江山此夜寒。

寒雾暮烟，山光野色，他笔下的物象迷蒙隐约，一如他内心的迷惘与困惑。

若非懵懂无知，行文散漫，亦不会得罪君王。然而，不被逐出长安，亦赏阅不了奇险壮丽的蜀中风光。人生得失参半，喜忧自知，不经忧患，又何以知人世多艰，安稳可贵？

他从一位受宠的天才少年，成了行走天涯的倦客。他的情感低回沉稳，他的诗境，亦随着阅历，而空阔高远。

羁春

客心千里倦，春事一朝归。

还伤北园里，重见落花飞。

　　仕途失意，官场受挫，王勃并未自我放逐，消沉悲观。虽有愤懑感慨，抑郁烦闷，但其人品依旧高洁，性情亦几多洒然。

　　他作《春思赋》和《采莲赋》，表达内心对功名的渴求，以及对未来美好的期许。

　　几载春秋，王勃从当初少不更事，到如今饱经世故。他从蜀地返回长安，参加科考。

　　当时他一朋友为虢州司法，知王勃识药草，懂医书，便推荐其在虢州任参军一职。岂料他一时糊涂，杀死了自己藏匿的官奴曹达。

　　有书中记载，王勃藏匿官奴曹达一事，实则是有人见他文采斐然，出类拔萃，而心生嫉妒，故意栽赃陷害。

　　但无论是何缘故，王勃的确惹上杀人的祸事。可见那时的王勃，仍旧是阅历浅薄，心思简纯，方遇此大劫。

　　杀人乃死罪，幸而遇大赦，他才保全了性命。但王勃的官宦生涯，自此彻底终结。可谓是水尽山穷，再无柳暗花明之日。人世多少荒唐无知，不可预测，他漂泊几年，怀揣出仕之心，不承想落此境地。

　　王勃因杀人之事，负累其父亲从雍州司功参军被贬为交趾县令，远谪南荒之地。为此，其内心愧疚无比。

　　之后，他在《上百里昌言疏》中写道："如勃尚何言哉！辱亲可谓深矣。……今大人上延国谴，远宰边邑。出三江而浮五湖，越东瓯而渡南海。嗟乎！此皆勃之罪也，无所逃于天地之间矣。"

五　无论去与住，俱是梦中人

当初那位飞扬跋扈、才华绝代的少年，沦为阶下囚。

在狱中，他鹑衣鹄面，风采不再，心灰意冷，愁眉不展。想起当年，送别知己好友，几番多情，今遭劫数，忧患是这样真切。

送杜少府之任蜀州

城阙辅三秦，风烟望五津。

与君离别意，同是宦游人。

海内存知己，天涯若比邻。

无为在歧路，儿女共沾巾。

王勃出狱后，朝廷给了他极大的宽容，让他官复原职，既往不咎。但经过此番灾难的王勃，心存忧惧，他对宦途再无任何念想。

他拒绝了朝廷的派遣，没有领命，打算做一个山水闲人，诗酒江湖，了此余生。

郊兴

空园歌独酌，春日赋闲居。

泽兰侵小径，河柳覆长渠。

雨去花光湿，风归叶影疏。

山人不惜醉，唯畏绿尊虚。

其实这时的王勃，尚未到而立之年，恰是风华正茂。因他出仕太早，又遭谪贬，逢厄运，故生疲倦之心，露沧桑之态。

那年秋天，他从洛阳出发，乘舟而游，过长江，一路辗转，来到了交趾县，见到困窘无比的父亲。

真个是，一起一灭，万水千山，沧海桑田。这位心高气傲、自信自满的才子，因为自己的过失负累亲人，真是羞愧难当，亦追悔莫及。

未来很远，但不知以何种方式走下去，如何重新安排这一生。

不久后，王勃踏上了归途，心中怅惘若江水茫茫，寻不到边际。

想当初，登滕王阁，盛宴之下，挥笔写就旷世华章。多少荣耀，几多风流，恍若昨天。今时，滕王阁依旧流光溢彩，而他再不是当时少年。

时值夏日，海上风浪甚急，王勃不幸跌落水中，惊悸而死。他的梦想，也沉在波中，随着无边的海水，朝夕起落。

　　他是一只飘零的孤鹜，与落霞齐飞；是天边的云影，和秋水共徘徊。

　　多年前，王勃写过一首诗："送送多穷路，遑遑独问津。悲凉千里道，凄断百年身。心事同漂泊，生涯共苦辛。无论去与住，俱是梦中人。"不知为何，读来心中禁不住悲伤，转而泪流满面，仿佛世间所有的难过，皆在这一瞬间涌出。

　　此后，再无值得伤感之事。

宋之问

旷世奇才，奈何品行不端，为人所弃

一 金阁妆新杏，琼筵弄绮梅

雨日读书品茗，于文人而言，是一种清福，更是一种奢侈。外界的纷扰，暂且闭于门外，内心唯有古卷经文、山水琴茶。

世上文人多清贵高洁，端正有情，也疏狂不羁，随意洒然。有人甘守清贫，不事权贵，低落尘埃。亦有人贪恋功名，倾心谄媚，扶摇直上。

唐人宋之问应该属于后者。他才华横溢，文辞华丽，且仪表堂堂。若非他品行不端，极尽谀媚武皇，趋附张易之兄弟，在诗人灿若繁星、浩如烟海的盛唐，宋之问仍算得是个人物。

世间的幸运，并不会因为你的尽心尽意都如期而至。宋之问生于唐高宗显庆元年（656年），虽为初唐，但已是繁盛至极。

宋之问并无显赫家世，生于阡陌闾巷、百姓人家。其父宋令文却是个才学出众、重义重情之人，"富文辞，且工书，有力绝人，世称'三绝'"。

宋之问和弟弟宋之悌、宋之逊受其父感染，各得其一绝。宋之悌骁勇过人，宋之逊精于草隶，宋之问则长于文词。在当时，亦算是美谈佳话，令人称羡。

宋之问的文采，自有一种旖旎风采。他的志向是京城长安，只因那里有诗客熙来攘往，有商贾纷至沓来，那里人才荟萃，冠盖云集。

人世水远山长，他却一直秉烛夜读，不肯怠慢。上元二年（675年），风流潇洒的宋之问进士及第，如沐春风，自此踏上他梦寐以求的仕途。

宋之问上半生华丽得宠，后半生潦倒悲惨。一盛一衰，一起一落，也是历透风尘，阅尽沧桑。

万般皆有机缘，宋之问得以扬名京师，官场顺意，皆因他遇到了爱才惜文的武则天。那时的武后，承应贞观，励精图治，大量选拔人才，慷慨不拘。

宋之问凭借他的才情，被选入崇文馆充学士。武后称帝，改国号为周后，宋之问更是平步青云，晋升五品学士，得武皇恩宠。

唐朝乃诗的国度，尤其那些担任学士之职的官员，以其高雅的文字魅力，深受天子厚待。

武后精通史籍诗文，且擅长书法，爱诗歌，喜乐舞。她的一生虽陷入政治旋涡，无法自拔，但她称帝后，亦过着奢靡浪漫的宫廷生活。但凡有才学之士，她皆存几分爱护之心，故而真心倾慕武皇之人，亦是不可胜数。

二 侍宴瑶池夕，归途笳吹繁

宋之问会写绮丽华美的诗，为讨武皇喜好，他慧心巧思，文辞极尽媚附。他的诗文多是歌功颂德、粉饰太平之作。

他也亲近讨好武后宠幸的媚臣，与之宴乐优游，过着诗酒琴乐、形骸两忘的生活。

奉和立春日侍宴内出剪彩花应制

金阁妆新杏，琼筵弄绮梅。

人间都未识，天上忽先开。

蝶绕香丝住，蜂怜艳粉回。

今年春色早，应为剪刀催。

春日芙蓉园侍宴应制

芙蓉秦地沼，卢橘汉家园。

谷转斜盘径，川回曲抱原。

风来花自舞，春入鸟能言。

侍宴瑶池夕，归途笳吹繁。

帝歌御酒，山河入筵，宋之问每日极尽心力写锦词丽句，讨得武则天喜笑颜开，也因此得到重用。宋之问在武后晚年先后转任尚书监丞、左奉宸内供奉。

平日里，他不仅可以长伴君侧，为其赋诗，更对武皇的男宠奉承巴结，全然不顾文人的清高与尊严。

张昌宗是一位面如莲花的美青年，张易之也是"白晢美姿容"，他们"兄弟俱侍宫中，皆傅粉施朱，衣锦绣服，俱承辟阳之宠"。

他们倚仗女皇的宠爱，难免恃宠而骄，飞扬跋扈。但他们亦深知自己在朝堂的地位，不过是武则天寂寞时消遣的对象。

当时，就连武承嗣、武三思等朝廷重臣对张昌宗兄弟都要凑趣讨好，宋之问怎能甘落人后？

他趋承攀附，供兄弟二人使唤，甚至不惜卑屈到替张氏兄弟提尿壶。宋之问低劣的人品、献媚的丑态，被世人唾弃。

有书记载宋之问"伟仪貌，雄于辩"。他又何曾不想像张昌宗他们那般，每日施脂粉，着华服，香车宝马，受女皇千恩万宠？

他不仅写艳诗丽句赠送给武则天，还多番毛遂自荐，希望得到女皇的青睐。如此便可侍奉宫中，过上锦衣玉食的奢靡享乐生活。

宋之问长相俊朗，诗文称绝，武则天对其浮华绚烂的诗作，也很是赏识。加之宋之问深识帝心，懂得见风使舵，倾心附和，亦确实给武则天带来了许多惊喜欢愉。

奈何宋之问有齿疾，诱发口臭，气味熏人，女皇陛下自是无法忍受，而他的美梦，亦因此破灭，成了泡影。

宋之问若非品格不端，以其才学，在官场亦会有一番作为。但他剑走偏锋，让自己陷入难以收拾之境地。

民间甚至流传了一桩与宋之问相关的命案。其外甥刘希夷文采出众，那日作得一诗《代悲白头翁》。

诗云："洛阳城东桃李花，飞来飞去落谁家？洛阳女儿惜颜色，行逢落花长叹息。……年年岁岁花相似，岁岁年年人不同……"

宋之问觉得诗句颇有妙处，想占为己有，刘希夷不从，他竟恼羞成怒，命家奴杀之。其实，以宋之问的才思，本无须盗取别人的诗句，更不应该为此做出杀人的劣行。

岁月悠悠，人世千年，多少真相被光阴掩埋，无从得知。亦不必去计较事情的真伪，宋之问的德行，自是为世人所不齿。

三 徒闻沧海变，不见白云归

唐中宗神龙元年（705年），李显复位，武则天的宠臣张昌宗、张易之被杀。宋之问虽未招杀身之祸，但亦被贬为泷州参军。

过惯了养尊处优的生活，他怎能忍受岭南荒蛮之地的苦楚。

他前往贬所途经大庾岭时，作诗描写当时悲凉无助的处境，倒也真挚感人。

度大庾岭

度岭方辞国，停轺一望家。

魂随南翥鸟，泪尽北枝花。

山雨初含霁，江云欲变霞。

但令归有日，不敢恨长沙。

诸事不顺，万般艰难，宋之问心中始终不忘昔日尊荣，私自逃回洛阳，藏匿于好友张仲之家中。

他无意中听闻张仲之与王同皎等谋诛武三思，便使人告密，导致朋友全家被诛。宋之问卖友求荣，擢任鸿胪主簿，"由是深为义士所讥"。

人世有成有败，有荣有枯，也是情理之事，亦无可畏惧。政治动荡不安，个人荣辱无常，宋之问亦深有感触，心灵冲洗之后，诗境也有所升华。

他亦曾写过清洁高雅的好诗："百尺无寸枝，一生自孤直。"可见，其内心深处，亦有一种清风白雪，可叹被粉尘遮掩，看不见罢了。

春日山家

今日游何处，春泉洗药归。

悠然紫芝曲，昼掩白云扉。

鱼乐偏寻藻，人闲屡采薇。

丘中无俗事，身世两相违。

秋晚游普耀寺

薄暮曲汀头，仁祠暂可留。

山形无隐霁，野色遍呈秋。

荷覆香泉密，藤缘宝树幽。

平生厌尘事，过此忽悠悠。

自然山水可以抚平所有的怨恨，宋之问过往那颗浮躁不安的心，趋于平静，转而淡泊。

到底是文人，曾经谄媚于人，亦是无奈之举，一旦情势转变，诗境也随之豁然。多少尘事，匆匆而过，如今回首，只是人生的一段历程。

其实，一个人的是非功过，岁月都会淡去痕迹，世人皆会慢慢地遗忘。

活着，与大唐的人物，同在一片天空；死后，葬入巍巍青山，无声无息。

宋之问自是不拘俗流、不顾声名之人，受万民景仰，还是被众生讥讽，对他而言，都不重要。

四 近乡情更怯，不敢问来人

初次读宋之问的"近乡情更怯，不敢问来人"，深有感触。那时的我，飘零江海，凡尘游荡，一袋诗书便是全部的行囊。无功名寄身，无机遇守候，最怕佳节，近乡情怯，羞见故人。

而宋之问近乡情怯，则是因其人生遭遇大的变故。他因诗杀亲、卖友求荣之事，流布京师，人人传讽。

唐中宗年间，山河飘摇，又是一片兵荒马乱。朝廷朋党争立，宋之问又攀附上了安乐公主，试图在她这里寻回一些失去的功名利禄。

原知富贵不过电光石火，浮名更是刹那光影，稍纵即逝。这时的宋之问，已无当年侍奉武皇时的风神奕奕，衣袂翩翩。

他尝历风霜，经受苦楚，幸而诗情还在，存余些许资本。然而这一次，宋之问尚未攀附高枝，宫廷又一次掀起惊天政变。

临海郡王李隆基和太平公主诛杀了韦后和安乐公主，拥立唐睿宗李旦。宋之问被迫卷入政治旋涡，从而被逼上了无人救赎的绝境。

在那个时代，很多人的处境岌岌可危，他们几乎没有自己。得失一念，成败一瞬，就连生死也是一霎。

《旧唐书》记载："睿宗即位，以之问尝附张易之、武三思，配徙钦州。先天中，赐死于徙所。"短短数句，何以道尽他的凄惨与悲哀？

原以为，唐睿宗即位，宋之问不过是遭受流放，吃些苦头，受点磨砺，但也无妨。怎知唐玄宗李隆基即位，宋之问直接被赐死于徙所。那时的他，于帝王眼中，连草木都算不上，连蝼蚁都不如。

他曾在锦绣宫殿，诗情奔放，追求无限的华丽。也曾被帝王恩宠过，纵是玩物，亦有其尊严。前半生的尊荣，后半生的落拓，也算喜忧相抵。

朝政之事，何曾有半点与他相关？他的存在，只是一个借口。故而死亦是解脱，免去了千山暮雪的孤身飘零。

大唐史上，宋之问这个人物，声名有损，留下太多的瑕疵。但他自身并不在意。在那大唐王朝，多少像他这样的人物，匆匆来，悄悄去。后世之人，不过是偶然翻起他的诗篇。

世事来时，毫无预兆，走后，雁过无痕。倘若可以重来，宋之问仍旧会毅然选择当初的决定，伴着武则天，游乐写诗，过一日算一日。至于后来的江山改换，帝王更替，他皆可忽略不计。

世间最快乐的事，莫过于做真实的自己。他人品不端，趋炎附势；他卑微不堪，为世人轻视厌弃。但他始终是自己。

他叫宋之问，大唐的诗册里，一直都有这个名字，无法抹去。

贺知章

一生功成事遂，平步青云，自称"狂客"

一 春风不改旧时波

静夜里听到琴声，似在竹林深处流淌，乃至溪边月色、瓦屋人家，皆是琴音。山川草木、星辰人物皆庄严，亦随之宛转多情。

一支琴曲，一首古诗，有时即可转换时空，偷改流年。

唐朝，有这样一个人物，一生功成事遂，平步青云，无有崎岖险峻，亦无惊涛骇浪。他为人旷达不羁，自称"狂客"，好酒善书，有"清谈风流"之誉。

他在大唐的诗坛和书画史上，都有很高的成就。吴中四士、饮中八仙、仙宗十友，皆有其一席之位。

在盛唐，诗人俯拾皆是，文客司空见惯。像贺知章这样俊逸风流、才情出众之人，亦比比皆是。但如他这般一生春风得志、善始善终之人，却寥寥无几。

且不说，他混迹朝堂五十余载，可以功成身退，得君王设宴送行，享无上尊荣。他的长寿，在唐朝诗人中，也是屈指可数。

贺知章，生于风流之地越州的书香名门。殷实的家境，令他自幼闭门读书，勤学好问。

他少时以诗文知名，三十多岁状元及第，蟾宫折桂，一登龙门，自此换上锦袍，仕途之上步步莲花。

初时贺知章并未扶摇直上，鹏程万里，授国子四门博士——也就是个闲散的文职。但他不贪功名，也不攀权贵，通达从容，风趣幽默，且才学出众，不觉屈志。

虽初入官场，却能泰然自若，处事亦是得心应手。后迁太常博士，倒也平稳安定，游刃有余。

开元十年（722年），贺知章遇见了命里的贵人——丽正殿修书使张说。他推荐贺知章入该殿书院，参与撰修《六典》《文纂》等书。

此后，贺知章青云直上，转官太常少卿。开元十三年（725年），为礼部侍郎、集贤院学士，后又调任太子右庶子、侍读、工部侍郎。

二 不知细叶谁裁出

贺知章得玄宗赏识，身居高位，却一直谨小慎微，陪伴君王身侧数十年，无半点疏忽过失。

他虽疏狂，却懂得收敛自如，张弛有度。数十年仕途生涯，朝堂风云变幻，他似乎总能应对自如，毫发无损。

开元二十六年（738年），贺知章改官太子宾客、银青光禄大夫兼正授秘书监，人称"贺监"。

万千荣耀集于一身，他也是不骄不纵，无贪无瞋。玄宗的身畔，需要像贺知章这样诗文精妙、气度慷慨、恪尽职守之人。

那时的贺知章备受帝王赏识，得其恩宠。不仅玄宗重用他，当时的贤达皆倾慕之。

玄宗泰山封禅时，贺知章写下多篇封禅诗，吟咏太平，歌功颂德，也是大气得体。有诗如下：

太和

肃我成命，于昭黄祇。

裘冕而祀，陟降在斯。

五音克备，八变聿施。

缉熙肆靖，厥心匪离。

太和

昭昭有唐，天俾万国。

列祖应命，四宗顺则。

申锡无疆，宗我同德。

曾孙继绪，享神配极。

高官厚禄，并没有让他恃宠而骄，迷失自我。他狂放，却不桀骜；他不羁，却始终有分寸。

他有足够的资本奢侈放达，但身处官场数十年，殚精竭虑，从不懈怠。他深知宦海风云，一路行来，皆是端正严谨，却又不失悠然洒脱。

那是个诗情弥漫、才华泛滥的时代，贺知章不仅诗文潇洒，书法亦是称绝。

《唐才子传》说他："善草隶，每醉辄属词，笔不停缀，咸有可观，每纸不过数十字，好事者共传宝之。"他的书法既有唐人的严谨作风，又有晋人流润飞扬的风姿。

也许是他生逢盛世，仕途通达，有君王爱护，受众人倾羡；加之他个性洒脱旷达，不拘小节，人生际遇未曾遭受大的变迁。

贺知章的诗文清新恬逸，语言朴实无华，情感自然逼真，自有一种沉着气度。

他的诗无愤世嫉俗、怀才不遇之感，亦无身世坎坷、羁旅闲愁之叹。纵偶有些许惆怅、几丝感慨，诗风始终保持乐观豁达之态，令人读后亦觉轻松畅快。

他的一首《咏柳》构思巧妙，别出心裁，传唱千古。而《采莲曲》亦饶有趣味，隽永耐品。

咏柳

碧玉妆成一树高，万条垂下绿丝绦。

不知细叶谁裁出，二月春风似剪刀。

采莲曲

稽山罢雾郁嵯峨，镜水无风也自波。

莫言春度芳菲尽，别有中流采芰荷。

所谓文如其人，诗言其心，可见贺知章内心高洁明澈，不染纤尘。稳妥的仕途、顺意的人生让他无后顾之忧，得以安然处世，平和静好。

他是一位有修养有风度的学士，人品高贵，不仅不结党营私，反而提携后进，善识人才。

三 四明有狂客，风流贺季真

他最大的喜好，则是纵情饮酒。杜甫的《饮中八仙歌》中第一位，说的就是贺知章。"知章骑马似乘船，眼花落井水底眠。"他被称作"酒仙"，醉后便吟句狂书，高谈阔论，颇有魏晋遗风。

"落花真好些，一醉一回颠。"或许，唯有醉后，我们才能见到真性情的贺知章。那时的他，不必遮掩，无须拘谨，一酒解千虑，一诗消万愁。

更何况他的人生称心如意，无愁无怨。他的酒，只是用以怡情寄兴，解脱凡尘，超然物外。

贺知章和李白有一段"金龟换酒"的传奇故事，为后世津津乐道。

唐人孟棨《本事诗》记载："李太白初自蜀至京师，舍于逆旅。贺监知章闻其名，首访之。既奇其姿，复请所为文。出《蜀道难》以示之。读未竟，称叹者数四，号为'谪仙'，解金龟换酒，与倾尽醉。期不间日，由是称誉光赫。"

那时的李白落魄长安，空有绝世才华，满腔抱负，却一直不得引荐，无人赏识。贺知章与之一见如故，读其《蜀道难》，惊叹万分，称其为天上下凡的诗仙。

那一日，长安城某个酒肆，两位文客惺惺相惜，相逢恨晚，痛饮千杯。当时的贺知章身居高位，名动京华，而李白恰处人生逆境，困顿失意。

但他们似故友重逢，情意相通，不拘俗礼。酒后，方想起未带银钱，贺知章随即取下腰间的金龟饰物，作为酒钱。

他的慷慨豁达、随性不羁，令李白深为钦佩。之后，贺知章更是在玄宗面前举荐李白，赞其学识人品。玄宗亦读过李白献的赋，久闻其名，便让其供奉翰林，为他写诗娱乐。

同在一片天空，共侍一位君王，其际遇可谓是天渊之别。李白虽才高，却没有贺知章那么幸运，他仕途坎坷，百般受阻。

　　然而这一切，皆因其狂放自大，得罪权贵。君王对其虽也有诸多恩宠，到底不肯委以重用。

　　贺知章疏狂有度，清逸豁达，饮酒怡情，作诗养心。他志气可抒，待人真挚，在君王面前谦和有礼，得百官敬重。

　　如此完美、近乎理想的品格，一生又怎能不顺意？况且他所处的时代，盛世升平，只需安守本分，遵从天命，顺应自然，便可坦然无忧。

　　他晚年也恣意荒唐，饮酒清谈，不负"狂客"之称。但他和李白始终有别，天子召唤李白，李白仍是狂放傲慢，豪气纵横，自称"臣是酒中仙"。

　　贺知章狂得有姿态，知轻重，又洒脱。他情商高，故玄宗待他一如既往，无有责备。为官数十载，皆淡定沉稳，处乱不惊。

　　后来，李白游会稽时悼念贺知章，作诗《对酒忆贺监二首》，追忆往昔情义，感慨万千。那时的李白，失去了贺知章的护佑，遭遇排挤，一代诗仙，旷世奇才，也终不如意。

对酒忆贺监二首

其一

四明有狂客，风流贺季真。

长安一相见，呼我谪仙人。

昔好杯中物，今为松下尘。

金龟换酒处，却忆泪沾巾。

四 笑问客从何处来

《唐才子传》记载："天宝三年，因病，梦游帝居。及寤，表请为道士，求还乡里，即舍住宅为千秋观。上许之，诏赐镜湖、剡溪一曲，以给渔樵。帝赋诗及太子、百官祖饯。寿八十六。"

天宝三年（744年），八十六岁的贺知章年事已高，加之染了风寒，大病一场。人道落叶归根，他开始想念故里的河山，以及那些多年未见的亲友。

朝堂之事，他已无力过问，无暇打理，于是上书玄宗请辞。玄宗恩准，并赐给他镜湖和剡溪的一小块地方，供他渔樵。

他乘风而来，载誉而归，此一生也算是功德圆满。泱泱盛唐，像他这样驰骋官场数十载，不遭忌恨、不受谪贬之人，微乎其微。

亦有许多人，得了功名，入了朝堂，但仕途坎坷，官场生涯不尽人意。

唯他，全身而退，就连走，也这样风光。玄宗下诏在京城东门设立帐幕，让百官为之饯行，且亲自题诗为他送行，其盛况可谓是空前绝后。诗云：

送贺知章

遗荣期入道，辞老竟抽簪。

岂不惜贤达，其如高尚心。

寰中得秘要，方外散幽襟。

独有青门饯，群僚怅别深。

　　一生顺达，一世尊荣，他对君王尽心尽责，君王亦待他有情有义。他的人生何其幸运，不染风尘，不沾忧患，官运亨通，无人拘束。

　　京城虽好，却已无他所眷念的人事，他想归去田园，逍遥山水，享受渔樵之乐。

　　年迈的贺知章拜别君王，荣归故里，深感皇恩浩荡，内心亦有不舍，到底从容。

　　想当初一别故里，已有数十载，如今两鬓风霜，看着故园的一人一物、一草一木，顿时百感交集，作《回乡偶书二首》。

回乡偶书二首

其一

少小离家老大回，乡音无改鬓毛衰。

儿童相见不相识，笑问客从何处来？

其二

离别家乡岁月多，近来人事半消磨。

惟有门前镜湖水，春风不改旧时波。

经过数十年的宦海奔波、红尘倦旅，他终于返回朝思暮想的故里。奈何岁月变迁，人世沧桑，他虽乡音未改，但儿童却相见不识。

一句"笑问客从何处来"，惹来无穷感慨。阔别多年，人事皆换，只有门前的镜湖，不改清波，年年如旧。

虽在京为官，住华屋，着锦衣，但终是离乡背井，只有这一片土地，始终令他魂牵梦萦，未敢忘怀。

这里，春风无限，烟柳正浓。这里，远离朝政，淡泊悠远。

此后，安心做个闲人。白日镜湖垂钓，观山戏水；夜里邀约几个旧友，把酒畅饮，说一些远去的旧事，叙一段当年的风采。

不几月，贺知章无疾而终，享年八十六岁。

这人间，万紫千红他看遍，功名利禄他占尽，一样都没落下。

卷二

事了拂衣去，深藏身与名

孟浩然

可知他一生爱好是天然

一 开轩面场圃，把酒话桑麻

那一日，孟浩然受故人相邀，于朴素的农家做客。友人盛情，备好肴馔，还有自己酿的清香醉人的粮食酒。

青山隐隐，绿树环绕，推窗即见竹篱茅檐、谷场菜园。他们把酒话桑麻，说好了重阳之日再来赏菊，畅饮年华。

这就是历史上著名的《过故人庄》，描写了田园农家清新恬淡的生活情景。语言质朴无华，自然流淌，毫无雕琢之痕。

这里远离尘嚣，闲适宁静。这里不知秦汉，唯有青山翠竹。这里可避战火，无人喧扰。

过故人庄

故人具鸡黍，邀我至田家。

绿树村边合，青山郭外斜。

开轩面场圃，把酒话桑麻。

待到重阳日，还来就菊花。

孟浩然，乃唐代著名的山水田园诗人。其诗风清淡自然，或表达隐逸闲适，或倾诉羁旅愁思，意境清迥，韵致流淌。

孟浩然还主张作诗不必受近体格律的束缚，应当"一气挥洒，妙极自然"。

在他之前，有陶渊明、谢灵运之诗多写山水田园，笔调疏淡，飘逸悠然。而后，才有了王维的山水清音、空灵禅境。

尘世这场修行，每个人都是孤独的，尽管他生于盛唐，但他生性淡泊，不愿相争。那个时代，但凡有才学之人，皆想求功名，入仕途。

孟浩然亦有此心，但无此执念，他不媚俗世，不肯随波，一生放不下的是自然山水、田园风光。

孟浩然一生布衣，未入仕途，故被称为"孟山人"。他那么纯粹，那么干净，亦是那样彻底。

他成了唐代第一位创作山水诗的诗人，其淡雅的诗风，蕴含深邃的意境。他的人生亦有许多不称意，却多是恬静之景，无激越动荡，也少见落寞悲凉。

潇洒的李白、脱俗的王维，皆是孟浩然的朋友。他们诗酒唱和，性情相近，于诗文上，也彼此成就。他们是可以相依，也可以相忘的知音。

孟浩然人品高洁，宛如浊世里的一股清流，他不肯攀附权贵，宁肯"拂衣从此去，高步蹑华嵩"，也不困入尘网，为名利所缚。

孟浩然生于襄阳一书香之家，自幼结缘诗书，骨秀神清，俊逸不凡。

其性爱山水，喜泛舟，"我家南渡头，惯习野人舟"。少年读书习剑，游山戏水，也是逍遥自在。早年乘舟赴鹿门山，便生归隐之心。

二 昔闻庞德公，采药遂不返

当年东汉末高士庞德公曾于鹿门山隐居，入山采药，一去不返。高人隐者，远避世乱，弃绝俗尘，于山中饮酒自娱，清远闲放，舒适怡然。

孟浩然作《登鹿门山怀古》诗，有句："隐迹今尚存，高风邈已远。白云何时去？丹桂空偃蹇。"他钦羡隐者高洁之风、悠然之境。

而后，孟浩然便与好友张子容同隐于此，过了一段清闲潇洒的时光。每日汲泉煮茗，月下烹酒，看白云舒卷，松风往来。

《唐才子传》记载："（张子容）初，与孟浩然同隐鹿门山，为生死交，诗篇唱答颇多。"

事了拂衣去，
深藏身与名

一年后，张子容赴长安应试，孟浩然赋诗："夕曛山照灭，送客出柴门。惆怅野中别，殷勤岐路言。"可见，年少时的隐逸，亦只是闭门读书，想要彻底放弃仕途，也是不能。

那时的孟浩然，率真自然，超脱尘外，似乎对功名无心。他独自回到山中，静守幽林，陶然独处。

多年后，他的好友李白赠诗："吾爱孟夫子，风流天下闻。红颜弃轩冕，白首卧松云。"豪情洒逸的李白，亦敬重他高尚的品格，羡他一生若闲云野鹤。

他少年不入仕途，晚年仍闲隐山间，往来云中。他把酒临风，游走红尘，不事君王，远离纷扰。

在唐朝，像孟浩然这样才情出众，却不入仕途之人，确实寥寥无几。纵是有着"诗佛"之称的王维，一生也未曾真正离开官场，始终保持半仕半隐的状态。

而陶渊明也是出仕后厌倦官场，才归隐田园，采菊东篱。像李白、杜甫这样的人物，更是穷尽一生，流连于官场，背负着名利，未曾解脱。

世界很大，他想看看更远的人世风景，以及许多陌生的山水。他打点行装，携一诗囊，开始了一段漫长的游历生涯。虽是寂寞游子行走江湖，但无功利，无求取，内心终是恬淡，故而轻松。

三 野旷天低树，江清月近人

夜已深，万物落幕，一切归于最初的宁静。一路上，我也见过世态繁华，市井喧闹，心中不忘的，是山水林泉、碗茗炉烟。

也想停留在某个水岸人家，或寻个村舍，买几亩田地耕种，做个山野村夫，过"开轩面场圃"的生活。

"移舟泊烟渚，日暮客愁新。野旷天低树，江清月近人。"小舟停靠在烟雾萦绕的水边，他一人独饮，野旷江清，亦生羁旅愁思。

其实，那时的孟浩然已有贤妻，想必是留于家中，不曾伴他万水千山。若妻子为他煮茶添衣，与之举案齐眉，亦可免去许多孤独。

他游洞庭湖，登岳阳楼，也遇志气相投的文友，也对酒吟诗，遍赏山河。或许阅历多了，尝尽人世况味，亦生过求仕之心。

他去了洛阳，渴望得人引荐，施展才华，终一无所获。

后来机缘巧合，他结识了李白，彼此一见如故。李白放纵不羁，自由散漫，他欣赏孟浩然清淡的诗风，亦敬仰他的隐逸态度。

他们在一起喝酒对句，推心置腹，谈人生抱负，也论官场风云。那时的李白，年少轻狂，自信飞扬，不信服权力，却重情重义。

人世渺渺，有时千万年的等候，也遇不上一个知音。同是天涯的怅然，共有一段闲情，不需要过多言语，彼此诗情相通。纵如此，也是有聚有散，各有追求。

李白写下："故人西辞黄鹤楼，烟花三月下扬州。孤帆远影碧空尽，唯见长江天际流。"一叶扁舟，江风雾霭，此番一别，重逢亦不知何时。

孟浩然听闻扬州的琼花极美，还有二十四桥明月，他想去感受江南的风光，赏西湖的瘦水。

四　当路谁相假，知音世所稀

其实，孟浩然的人生若无诗文点缀，该算是贫瘠的。他不曾被荣华簇拥，也不曾经历战乱，故无兴亡盛衰之叹，亦无愤世嫉俗之辞。

人生的种种不如意，他亦不曾避免，且都遭遇过，不过是冷暖自知罢了。一路风尘，囊中羞涩，驿站栖身，也是简朴清苦。

只是他姿态高雅，静守清欢，不必逢迎谁，也不依赖谁。虽是布衣，未有功名，但内心强大坚定，因为人间的山水，足以填满所有的空虚。

不知是世俗所迫，还是想证明自己，或者仅仅只是一时兴起，三十九岁的孟浩然，背着简单的诗囊，赶赴长安，参加科考。

他赋诗，抒发其渴望及第的心愿。长安的春，自不及江南那般柔软明艳，却亦是花柳烟浓，莺歌无数，有一种别样风情。

长安早春

关戍惟东井，城池起北辰。

咸歌太平日，共乐建寅春。

雪尽青山树，冰开黑水滨。

草迎金埒马，花伴玉楼人。

鸿渐看无数，莺歌听欲频。

何当遂荣擢，归及柳条新。

奈何应试不中，榜上无名。孟浩然并未灰心，留于长安献赋，为求君王赏识。

据说他曾在太学赋诗，名动公卿，举座倾服，为之搁笔。纵高才如许，诗品俊逸，又有何用？世事安排，总是出乎意外。

孟浩然结识了王维，彼此心性相投，引为知音。唐代山水田园诗人，则是以孟浩然和王维为代表，亦称"王孟诗派"。

所不同的是，王维官运亨通，平步青云，半仕半隐，一生潇洒自如。孟浩然只是个布衣诗人，虽人品高尚，不屑官场，终究地位低微。

留别王维

寂寂竟何待，朝朝空自归。

欲寻芳草去，惜与故人违。

当路谁相假，知音世所稀。

只应守寂寞，还掩故园扉。

孟浩然仕途遇阻，转而放归自我，他决意漫游吴越，穷极山水之胜。

长安城的热闹纷繁，非他所喜；吴越风流，令其倾心沉醉。他畅游江南名山古刹，泛舟太湖，赋诗寄情，陶然忘我。

像他这样才高不为世知，甘愿归隐林泉、垂钓山水之人，亦有千万。只是历史漫长，众生平凡，那么多的故事，都被岁月给湮没了。

人们只记得上古时代的许由、春秋的范蠡、西汉的张良，熟知"竹林七贤""浔阳三隐"，不知世间隐藏了太多率性任真、崇尚自然的高士。他们不拘俗礼，傲视王侯，终身不仕，隐居江湖。

河山有情，识人心意，不计较你是王侯将相还是乡野樵夫。每一片山水，都有主人；每一处茅檐，都可栖身；每一座山庙，都是归宿。

一路行来，以诗会友，倒也闲逸自在，从容不拘。

五 拂衣从此去，高步蹑华嵩

后来孟浩然再次前往长安求仕，不中，他深知此生与功名无缘，故断绝此念。偌大的朝廷，无他寄身之地。余生，纵情山水，放浪形骸，亦算了却一段桃源情结。

于是，他乘舟返归故里，心依旧清扬。如果说放下是一种解脱，他似乎无须放下，便可释然。

孟浩然回到了鹿门山，不务世事，清峻通脱，风流自赏。山林清净，一派烟云水气，无世喧俗扰。

经历过挫败坎坷，云水漂泊，他比从前更通透，更放达。山风静谧，明月无声，舟系江岸，幽人往来。

夜归鹿门山歌

山寺钟鸣昼已昏，渔梁渡头争渡喧。

人随沙岸向江村，余亦乘舟归鹿门。

鹿门月照开烟树，忽到庞公栖隐处。

岩扉松径长寂寥，惟有幽人自来去。

他曾感叹："欲取鸣琴弹，恨无知音赏。感此怀故人，中宵劳梦想。"人生寂寥，隐于山林，亦需要知音。

一如晚年的王维，隐于别墅，也一直有文友相访。又如陶渊明前往山寺与僧侣对弈说禅，敲冰煮茗。

这时的孟浩然，两鬓已染白霜，他无力，也不想再去游走。当年与旧友说好了重阳日再赏菊花，不知后来的他，是否赴约。

若那时，与旧友一般，居于田家，开垦荒地，种菊栽麻，或许人生又是一番景象。

人世清贵，他这一生，是纯粹洁净的，来来往往，都属于自己。

他病了，背上生了毒疮，些许小病，也是不在意。他依旧我行我素，邀朋会友，觥筹交错，惬意自怡。

那年，王昌龄北归，途经襄阳，寻访孟浩然。彼此相见甚欢。孟浩然盛宴待客，醉酒佯狂，食鲜诱发旧疾，不治而亡。

生命本就脆弱，也无可悲伤，他走之后，依旧是长长的日子，静静的人家。

春事烂漫，桃李无言，屋檐下人与花皆好。有稚嫩的声音读着："春眠不觉晓，处处闻啼鸟。夜来风雨声，花落知多少。"念得那样好听。

世间的悲欣苦乐，瞬间不值一提。

王昌龄

出走边关，豪情万丈，却叹"悔教夫婿觅封侯"

一　不破楼兰终不还

　　锦绣成堆的大唐，宛若文客之百花园，璀璨馥郁，却又禀姿各异。有人守着田园，枕山倚石，和樵子为伴，与农户为邻；有人寄兴江海，衣蓑独钓，和渔父来往，与鸥鹭相亲；有人寻仙访道，句上太清；有人诚心向佛，语入摩诘。

　　还有一些人，心怀壮志，亲临边关，写下许多悲壮之词。他们是独成一格的边塞诗人，于大唐的山河里，横刀立马，豪情万丈。

　　王昌龄是其中之一，他与高适、岑参、王之涣几人，最为著名，被称为"边塞四诗人"。

　　他们以笔为刀，绘出了玉门关外春风吹不融的杨柳，长云遮不尽的雪山。他们之后，诗坛几乎再无边塞诗作。

　　王昌龄，字少伯，京兆长安人。他家世清贫，却天资聪颖，幼年晴耕雨读，恬淡自安。

二十余岁，王昌龄便离家，去往嵩山学道。唐时道教文化兴盛，那时的王昌龄，亦只是想在此短暂停留，修身养性，等候机遇。曾有诗云：

谒焦炼师

中峰青苔壁，一点云生时。

岂意石堂里，得逢焦炼师。

炉香净琴案，松影闲瑶墀。

拜受长年药，翻翻西海期。

彼时唐玄宗颁布了一条法令，改府兵制为募兵制。募兵制是由国家出钱招兵，并供给衣食，免征赋役。许多文人墨客，问功无处，即欲参军，以求边功。

王昌龄于是背上行囊，西出长安，踏上边塞之路。

他来到了边关，目睹大漠风情、长云雪山、烽火羌笛。他将这些壮美的意象，以及边塞将士的英雄气概，写成雄浑豪迈的诗章，情景交融，真实动人。

出塞

秦时明月汉时关，万里长征人未还。

但使龙城飞将在，不教胡马度阴山。

从军行（七首）

其四

青海长云暗雪山，孤城遥望玉门关。

黄沙百战穿金甲，不破楼兰终不还。

塞下曲

饮马渡秋水，水寒风似刀。

平沙日未没，黯黯见临洮。

昔日长城战，咸言意气高。

黄尘足今古，白骨乱蓬蒿。

其诗超逸奔放，也深沉苍郁。既有"不破楼兰终不还"的豪情壮志，亦有长城月下怀念亲人的离愁别绪。

在边关，他目睹了太多的死亡，深知人世艰辛。大漠风烟，黄尘白骨，多少人梦断于此，魂魄无归。

他的《出塞》在唐代七绝中地位很高，甚至被尊为"唐人七绝第一"。它气势恢宏，运笔流畅，不弱太白手笔。

一时间，王昌龄的边塞诗传遍军营，在烽火中弥漫，后传入京城，让王昌龄名满长安。

二　明月何曾是两乡

随即他离开边塞，来到长安参加科考，并进士及第，授秘书省校书郎。后中博学宏词科，迁泗水县尉。

但官场纷芜，有太多的明争暗斗，他心性爽朗，豪迈不羁，故招人排挤。"得罪由己招，本性易然诺。"

为官几年，位低言轻，才华无展，有志难抒。后因事获罪，被贬去岭南，屈于荒蛮之地一年之久。

次年遇赦北放，趁归来途中，他遍游山水，结交诗友。亦是在这时，他游襄阳，访孟浩然。

二人相见甚欢，诗酒助兴，而孟浩然因吃了海鲜而痈疽复发，导致身亡。想必那时的王昌龄，亦心存愧疚，故人辞世，悲不自胜。

之后，王昌龄结识了李白，二人气韵相得，引为知己，留下一段佳话。别离时，王昌龄作诗相送。

巴陵送李十二

摇曳巴陵洲渚分，清江传语便风闻。
山长不见秋城色，日暮蒹葭空水云。

后来，李白亦写诗回赠。二人高情相当，一寄水云，一寄明月，不异仙人共语。

闻王昌龄左迁龙标遥有此寄

杨花落尽子规啼，闻道龙标过五溪。

我寄愁心与明月，随风直到夜郎西。

　　那时的河山，处处藏着灵秀。若肯游去，说不准在哪处亭桥，即可遇着才人；于哪处古道，便可相逢知己。除了识得李白，王昌龄与岑参、高适、王维等人皆交情不浅。

　　在鼎盛的大唐，太多神仙一般的人物，他们个个诗文出色，气韵不凡，谁也不输谁一段风流。

　　恰是因为有这些志同道合的文友，他们的深情厚谊慰藉了王昌龄的孤独。王昌龄一生写下许多送别诗，真情实感，不同凡响。

三　一片冰心在玉壶

　　除了慷慨豪迈的边塞诗、情深意切的送别诗，他还写细腻多情的闺怨诗。王昌龄的七绝，冠绝一时，被后人称为"七绝圣手"。

　　盛唐时期，诸诗家的七绝加在一起，仅有四百七十二首。王昌龄独有七十四首之多，而且首首可玩，句句经典。

　　正如吴乔在《围炉诗话》中所说："王昌龄七绝，如八股之王济之也。起承转合之法，自此而定，是为唐体，后人无不宗之。"

　　除了七绝优异，他的五古也颇有成就，他的诗歌理论亦是独到。

他在《诗格》中提出诗有三境之说："诗有三境：一曰物境，二曰情境，三曰意境。"他说："凡诗，物色兼意下方好。若有物色，无意兴，虽巧亦无处用之。"

王昌龄的《诗格》对后世影响颇大。王国维延续和发展了意境说，提出了"有我之境"和"无我之境"的说法，令人耳目一新。

此番北归后，他迁为江宁丞。那时的他，苦于功名不顺，颇多不平。且他不拘小节，难免招人厌恶，受些非议。

然而，他却不惧流言，以玉壶冰心自喻，告慰亲友。

芙蓉楼送辛渐

寒雨连江夜入吴，平明送客楚山孤。

洛阳亲友如相问，一片冰心在玉壶。

他的仕途，同大多数唐代才子一样，也是坎坷有余，豪迈不足。他年轻时，不仅嵩山学道，求仙炼药，还独往玉门，吟咏边词。

他也在水深山静处，结庐而居，玩月赏花，不问人间。

同从弟南斋玩月忆山阴崔少府

高卧南斋时，开帷月初吐。

清辉淡水木，演漾在窗户。

苒苒几盈虚，澄澄变今古。

美人清江畔，是夜越吟苦。

千里其如何，微风吹兰杜。

这一晚，他隐于蓝田县石门谷。时月华如练，清辉似水，他与从弟一起到南斋赏月。那轮月，遥挂天际，映着唐时的城阙、唐时的山水。

他深知，不管人间多少离合，它依旧在那里，静静的，不会有一丝更改。他亦知，在有情人眼中，地隔千里，无非同一天云；时隔千年，不过同一轮月。

只是，他寄身于此，故人又在何处？

四　悔教夫婿觅封侯

王昌龄在江宁任职，一待就是八年。幸而此地风流，山水灵逸，与之缘深。

自古烟雨江南，春日莺歌燕舞，柳绿桃红，夏日凉风细细，莲叶田田。看着那清丽的采莲女子，他的诗亦一改当年在边塞时的豪迈，而变得多情宛转。

采莲曲

荷叶罗裙一色裁，芙蓉向脸两边开。

乱入池中看不见，闻歌始觉有人来。

他最被世人喜爱的，大概是那首《闺怨》。

闺怨

闺中少妇不知愁，春日凝妆上翠楼。

忽见陌头杨柳色，悔教夫婿觅封侯。

似见那闺中少妇在某个春日清晨，画好山眉，匀上鹅黄，着丽装，斜插金步摇，款款登楼。她望着陌上如烟杨柳，忽而想起久未归来的良人，顿生悔恨之心。

曾以为，只是一场短暂的离别。竟不料，光阴荏苒，她辜负了良辰美景，耗费了锦绣年华。

如若可以重新来过，她愿与之长相厮守，共赏春色，不要他去求取功名，亦不屑什么封侯拜相。

女子的时光，何等珍贵，怎经得起消磨？也不知，王昌龄是否亦有悔意。多年来，他心怀憧憬，寻功觅侯，到如今，人已近老，却为着一官半职，落魄江湖。

他胸怀高才，本欲建功立业，回首处，一切成空。江宁丞已是低微官职，这年却又因着他事，被贬龙标尉。

他心情失落，离开了江宁，来到了龙标。这首《送柴侍御》，就是他在任上写成的。

送柴侍御

沅水通波接武冈，送君不觉有离伤。

青山一道同云雨，明月何曾是两乡。

自古离情最难说，亦无可说。盈盈一水，接着青山两处，何异一天星辰，共着月光。

五　空悬明月待君王

王昌龄还写过许多宫词，有《长信秋词五首》，细写班婕妤。读来深婉含蓄，字字句句皆是一个失宠宫嫔的幽怨，似有愁肠百结，无以消解。

长信秋词五首

其一

金井梧桐秋叶黄，珠帘不卷夜来霜。

熏笼玉枕无颜色，卧听南宫清漏长。

其二

高殿秋砧响夜阑，霜深犹忆御衣寒。

银灯青琐裁缝歇，还向金城明主看。

其三

奉帚平明金殿开，且将团扇共徘徊。

玉颜不及寒鸦色，犹带昭阳日影来。

其四

真成薄命久寻思，梦见君王觉后疑。

火照西宫知夜饮，分明复道奉恩时。

其五

长信宫中秋月明，昭阳殿下捣衣声。

白露堂中细草迹，红罗帐里不胜情！

班婕妤，是汉代汉成帝的妃子，才高貌美，初入宫时，深得汉成帝喜爱。成帝为能与她一同出游，特地命人制作一辆大辇车。

班婕妤却说，古代贤良天子出行，皆是贤臣在侧，只有末代昏君，才有妃子在座。

太后听闻，极为赞赏其贤德，对人说："古有樊姬，今有班婕妤。"班婕妤尽心打理后宫，愿辅佐成帝，使他成为一代明君。

然而，这一切恩宠，在赵飞燕姐妹入宫后，尽数烟散。她失宠了，成帝将她冷落在旁，不再问津，一至"弃捐箧笥中，恩情中道绝"。之后她写就奏章，自请往长信宫，侍奉太后。

曾经那位才貌双全、留名青史的班婕妤，亦只能守着长信宫，度凄冷残年。往事历历，却早已不堪回首。

他还有一首《西宫秋怨》，说是闺怨诗，实则是宫怨诗。

那么多美若天仙的宫人，居住在楼台殿宇，享受人间富贵，却经年忍受着孤独。她们唯一能做的，则是手执秋扇，掩面而泣。

西宫秋怨

芙蓉不及美人妆，水殿风来珠翠香。

谁分含啼掩秋扇？空悬明月待君王。

自古秋扇是被抛弃之物，她们则是失宠的宫妃。其实，等待君王的，又岂止是妃子，还有梦断红尘的才客。他们心怀锦绣，却不能施展抱负，始终被压制，大多郁郁终老。

王昌龄的余生，几乎都在龙标度过。他的壮志豪情，在年轻的时候便与他的诗一起留在了边关。他的玉壶冰心，随着唐玄宗的盛世一起凋零，成了梦幻泡影。

安史之乱爆发后，唐肃宗继位。不久，王昌龄离开龙标，过辰溪，经武陵，沿江东去。

然而，途经亳州时，他却被亳州刺史闾丘晓杀害。《唐才子传》记载："以刀火之际归乡里，为刺史闾丘晓所忌而杀。"

他未能战死疆场，马革裹尸，而是遭小人妒忌，死得毫无价值。这样一个旷世奇才，人生亦不过是惨淡收场。

人世有多荒唐，又有多糊涂，皇皇大唐盛世，竟无有他一隅之地。

"悔教夫婿觅封侯"，不知在绿满江南、杨柳烟浓时节，是否亦会有一人将之苦苦等候。

她已年老色衰，高楼望断。

而他，关山万重，再也不会归来。

王维

半仕半隐，红尘里诗意地栖居

一 遍插茱萸少一人

夏日的风，悠悠缓缓，遥远的历史亦随之徐徐走来。天地万物时空，过去现在将来，虽说变幻无常，却有一种慷慨达观。

浩荡的山河，也如檐角的花，开时似有情，谢时亦无意，人生的风华在此，人生的困顿亦在此。

读《红楼梦》时，知林黛玉喜读王摩诘的诗。她推崇唐诗的意境之美，而摩诘的诗有着自然的韵律之美、禅意之美，简洁有灵，不失意趣。

像她那样一位心性高洁、纤尘不染之人，自是喜爱王维诗中的天然纯朴、宁静淡泊之境。

唐朝不仅有壮阔浩渺，更有一种温柔艳丽。诗是好诗，景是好景，人亦是吉人。

唐朝的人与物，都有一种飞扬气度，随性不羁。诗客们的诗情，一如江潮海浪，不可遏止。他们的世界，无须谦逊，有太多的奢侈。

那个时代的人，除了寒窗苦读，求取功名，别无他法。王维也如此，他要融入时代，必定从诗开始，以诗之名，走上他的仕途。

其实，做个市井贩夫、平凡商贾乃至樵子渔夫，也无不可。但王维一入长安便无从选择，也不必选择。

王维生于蒲州，幼年聪慧过人，才华初显，精通音律，工于书画。那时的长安，有着盛况空前的繁华与锦绣，承载了无数人的尊荣与梦想。

王维背着诗囊，赶赴京城，为看一场长安花事，为寻一段人生奇遇。

那一年，是唐玄宗开元三年（715年）。那一年，王维还是一位风度翩翩的少年。

长安城紫气万千，灯光璀璨，长街小巷繁密热闹，驿站酒馆来客络绎不绝，他身在盛境，心却难安。

所幸，无须达官贵人举荐，王维仅凭满腹才华，在很短的时间内便深得京城王公贵族的喜爱。

他的诗文自然唯美，书画浑然天成，音律亦有天赋。虽是早期之作，王维的山水田园之诗也是清新淡远，自然脱俗。

他为功名而来，却无争夺之心。又或许，他来之时，未必有多少远大抱负、深邃理想。生在一个那么大的风景里，他的疏朗清旷亦是寻常。

在长安，王维常从岐王李范等游宴，吃酒吟诗，倒也闲逸自安。白日里喧闹，静夜里亦生孤独，他赋诗：

九月九日忆山东兄弟

独在异乡为异客，每逢佳节倍思亲。

遥知兄弟登高处，遍插茱萸少一人。

初试落第后，他于开元九年（721年），中进士，任太乐丞。如他所愿，有功名寄身，且谋了个闲职。素日负责音乐、舞蹈等教习，以供朝廷祭祀宴享之用。

只不过供职数月，便因属下伶人犯错受牵累，被贬为济州司仓参军。

二　此去欲何言，穷边徇微禄

虽遭贬，于他似乎并无太多的失意与惆怅。人生起落，宦海浮沉，本是常理，况他功名之心本淡，贬出京城，又有何妨？

天地渺渺，山水风物只属闲人，此番际遇，也当福报。途中有诗：

宿郑州

朝与周人辞，暮投郑人宿。

他乡绝俦侣，孤客亲僮仆。

宛洛望不见，秋霖晦平陆。

田父草际归，村童雨中牧。

主人东皋上，时稼绕茅屋。

虫思机杼悲，雀喧禾黍熟。

明当渡京水，昨晚犹金谷。

此去欲何言，穷边徇微禄。

"此去欲何言，穷边徇微禄。"他亦是为了微禄去往偏远之地，加之连绵秋雨，难免酝酿出几丝清冷之境。

几番感慨之后，随即仍是洒然。粗茶能养性，茅屋可栖身，以王维之恬淡心境，怎会在意这些许微风细雨？

王维的诗，恰如他出仕为官的态度，清贵高洁，不被拘束。

在此期间，王维亦写过一些边塞诗。《从军行》《陇西行》《出塞作》另有一番壮阔无边。相比沙场的战火硝烟，王维更深爱山水田园的淡远与宁静。

他的内心始终保持一份灵性与清洁，故而无论是遭贬，居穷远之地，还是后来归去长安，寄身官场，他的诗作都有一种远离尘世的空灵与恬适。

不染烟火，禅意悠悠，是王维的诗境，亦是他的生活。

后来的王维，更是过上了半仕半隐的闲散生活。他没有像陶潜那般，彻底远离功名，摆脱尘网，自己修篱栽松种菊，而是身在官场，却不融入其间，不争夺名利，不患得患失。

他置身山林，诗酒作乐，书画自娱，也是洒脱快意。想来，也只有王维，可以做到往来仕隐之间，始终恬淡自若。

他是盛唐的人物，自有一段盛唐的风流与不羁。他时而奔走于朝堂之上，时而掩门即是深山。

每当他仕途不顺，心情沮丧迷惘时，便寄情林泉，啸傲山水。有诗云："独坐幽篁里，弹琴复长啸。深林人不知，明月来相照！"

他幽居山林，绘画作诗，竹馆弹琴。幽篁阵里，微风拂过，不见行人往来，唯有明月相照。深林之中，云雾萦绕，离尘避世，可以洗却尘虑，清修禅心。

若无此山居岁月，他的诗亦不可一直那般雅淡清新，妙意清绝。曾留诗：

山居秋暝

空山新雨后，天气晚来秋。

明月松间照，清泉石上流。

竹喧归浣女，莲动下渔舟。

随意春芳歇，王孙自可留。

三 一悟寂为乐，此生闲有余

之后，王维于蓝田县买下了宋之问的蓝田山庄，在此修建园林，挖湖引溪，营建辋川别业。

唐代冯贽《云仙杂记》说："王维居辋川，宅宇既广，山林亦远，而性好温洁，地不容浮尘，日有十数扫饰者，使两童专掌缚帚，而有时不给。"

辋川别业得林泉之胜，成为王维在尘世中的诗意栖居之所。他在此园林中绘画作诗，抚琴吟诵，礼佛食素，静心修禅。

这期间，他也关心时政，做一些力所能及之事；也与诗友唱和，煮茗谈笑，颇有隐士之风。

中晚年的王维实则已无心仕途，他只是以一种适合自己的方式，过着他亦官亦隐的优游生活。

更何况，他心思简净，诚心奉佛，无须取舍。远避尘嚣，焚香悟道，懒管俗事，在其幽玄之境中，得一份闲远自在。

饭覆釜山僧

晚知清净理，日与人群疏。

将候远山僧，先期扫敝庐。

果从云峰里，顾我蓬蒿居。

藉草饭松屑，焚香看道书。

燃灯昼欲尽，鸣磬夜方初。

一悟寂为乐，此生闲有余。

思归何必深，身世犹空虚。

早年的王维也有政治抱负，怀远大志向，但现实与理想终有差距。

安史之乱爆发后，安禄山攻入长安，唐玄宗逃往四川，王维被俘。因其诗名，安禄山将其拘于洛阳菩提寺（普施寺），硬委之以给事中的伪职。

后唐军收复长安、洛阳，王维因被俘期间有诗作抒发亡国之痛，而得以被宽恕，并未获罪。

纵如此，他似乎不曾退却，他的世界也无委屈。他的画作仍旧是玄山妙水，寂静无声，犹如仙境。

他的诗文也是脱俗旷淡，不见哀怨愁肠。亦是因了王维的处世为官之态，避免了人世太多的苦难。

他在朝为官，所得俸禄足以颐养他的闲情。他的一生甚至没有太多的变迁，更无落魄。

他有属于自己的一片山林，他将日子过得宠辱不惊，从容不迫。他不攀权势，却做了一名富贵闲人。他入凡尘，却心有莲花，深通佛理。

王维晚年的诗作更空明闲淡，回归山野让他的诗画皆是自然意趣。

他穷游山水，坐看云起，庙堂也可修行，红尘亦为道场。

终南别业

中岁颇好道，晚家南山陲。

兴来每独往，胜事空自知。

行到水穷处，坐看云起时。

偶然值林叟，谈笑无还期。

酬张少府

晚年唯好静，万事不关心。

自顾无长策，空知返旧林。

松风吹解带，山月照弹琴。

君问穷通理，渔歌入浦深。

　　他说"晚年唯好静，万事不关心"。他布衣蔬食，持戒安禅。他深居山林，与草木山石相敬相安。

　　他将自己所得的职田献出，用来周济百姓，布施粥饭。万物于他，借用而已，再无其他。

　　他贪恋清净，端坐虚室，却一直耕织诗文，不舍废笔。一山一水、一字一句都飘逸出尘，尽得风流。

四　晚年唯好静，万事不关心

　　有人说，他虽有闲适之趣，仍不忘朝政之心，故而往来于朝堂山野之间。其实，纵然在盛唐，许多才高之辈的仕途都不得坦顺，可谓风雨潇潇。其中像王维这样一生澄澈高远之人，寥若晨星。乃至在历史长河里，他这样的人物，亦是屈指可数。

《唐才子传》记载："维诗入妙品上上，画思亦然。至山水平远，云势石色，皆天机所到，非学而能。"

东坡有句："味摩诘之诗，诗中有画；观摩诘之画，画中有诗。"

有关王维的情事，史书上没有太多的记载。仅知，他一生只爱妻子一人，与之相濡以沫，恩爱情长。

后妻子病故，王维伤心欲绝，数十年禁肉食，绝彩衣。

像王维这样的风流才俊，在长安备受欢迎，爱慕他的绝色红颜，当是浩如烟海，车载斗量。但他选择规避，只为更清澈地修行。

他孤独一人，再不续娶。他对妻子的一往情深，亦叫人敬重。

看着那不染纤尘的妆台，佳人已不再，只是徒添感伤。她缝制的衣衫犹新，刺绣的鸳鸯成双。华灯仍在，盛筵已散，丝竹不歇，歌舞已止。

王维的诗，多注重山水意境、自然之风。

他的情爱相思之作微乎其微，唯有一首《相思》，深得人心，千古流传。

相思

红豆生南国，春来发几枝。

愿君多采撷，此物最相思。

全诗简约明快，却又委婉含蓄，看似语浅，奈何情深。红豆寄情，有男女之情，亦有故人之情。

这首诗在当时即被伶人谱曲传唱，后世的梨园子弟亦深为喜爱。自古相思累人，王维盛年之时丧妻，可谓饱受相思之苦。

幸而，终南山有属于他的洁净天地，有诗歌与佛理做伴，否则，何以度过这漫漫一生。

他有诗："一生几许伤心事，不向空门何处销。"只是他心境旷达恬然，他的伤心付诸山水，寄予琴弦，不为人知。

也不知，那竹林的浣女，归去了何处。

而他，将自己决然留在了空山新雨、明月如水的秋林。

慢慢地，他的人生成了一幅清新淡雅的水墨画。慢慢地，他淡出红尘，被人遗忘。

李白

一 花间一壶酒，独酌无相亲

"白也诗无敌，飘然思不群。"杜甫说李白的诗冠绝当时，潇洒飘逸，豪放不拘，其才思卓尔不凡，清新出尘。

在唐朝，也只有李白，受得起"诗仙"的雅号。

在世人心中，他一袭白衣，一酒一剑，万卷诗书藏于心间。似乎在任何情境，只要有酒，他即可作诗。

他的诗不经推敲，无须修饰，出口即成，如流水行云、清风朗月，自然巧妙，浪漫有情。

李白一人的诗，其实就可以填满大唐的诗册。其诗诗境开阔，笔法多端，豪迈奔放，瑰丽壮美，飘逸若仙，意境奇妙，寄情于物，将物比人。

他不仅文采超绝，书法精妙，亦喜剑术，谈论道经。他生来便是天才，性格不羁。他的诗从不掩饰内心的喜怒哀乐，而是尽情恣意地流淌。

也曾年少轻狂，远行江湖，蹉跎过岁月。也曾写华美的赋，为求仕途，取悦帝王。写逢迎的诗，献给公主，亦是为了得君王赏识，施展才学抱负。但现实种种，与理想背离，他如愿以偿得到过玄宗的宠信，也被其疏远。

不知是孤独，藏在诗人的杯中，酿成了才华，还是世间的才华，要守着孤独，才能醇厚。

有才华的人，似乎皆背负着孤独，一路行走，一路相依。若寂寥的夜空中闪烁的星辰，也许璀璨，也许绚丽，却彼此相隔，难以交会。

孤独似酒，适宜在某个雨夜，守着寒灯，浅酌低吟。孤独也似茶，适宜在某个春晨，对着繁花，慢慢斟品。文人的笔，锋芒锐利，仓促地雕琢红尘；柔软亦多情，缓缓地书写人生。

"花间一壶酒，独酌无相亲。举杯邀明月，对影成三人。"李白守着孤傲的灵魂、文人的清姿，以酒为诗，醉了盛唐。他携一壶佳酿，邀影对月，饮酒写诗，潇洒若仙。

他不似陶潜心寄南山，采菊赏花。他的心在江湖，在云际。平淡的秋水，无法熏染他的多情。

有时，他横心入世，以高才自居，欲争一番功名，却又投谒无门。有时，他掩上门扉，放下红尘，寻个酒家，昏昏然醉去，做个仙人。

他本是梧上凤凰，云端鲲鹏，这个凡间，是否有他落脚之地？他挥洒笔墨，浑然天成，故贺知章称他为"谪仙"，后人称他为"诗仙"。

二　青云当自致，何必求知音

李白号"青莲居士"。青莲，源于《维摩诘经》，他内心崇尚佛教，向往维摩诘的修行境界。

李白诗中也有不少清谈品茗之句，以他的慧根及洒脱，参禅悟道亦非难事。但世俗对他有太多的诱惑，唯有倦了，累了，才会坐蒲团读经，参一点禅意。

李白的出生之地，是个谜。他的归处，亦是谜。

他自幼聪颖，十五岁时，已经颇有诗名，得名流器重。他非文弱书生，好舞剑，任侠，风流俊逸，豪迈放恣。"银鞍照白马，飒沓如流星。"他的诗中，不光有酒，亦有剑与侠。

他游历山水，饮月餐霞，收取才思无尽，挥洒河山万里。二十五岁时，负才出蜀，"仗剑去国，辞亲远游"。他满怀期待，欲寻个富贵知己，为他引荐权贵，助他求取功利。

他拜访名驰天下的书法家李邕，写道："大鹏一日同风起，扶摇直上九万里。假令风歇时下来，犹能簸却沧溟水。"这时的李白，有青云之志、宏远目标，意气风发，自信满满。

人世的机缘，总是那么飘忽无定，若即若离。李白二十七岁时，朝廷颁布一道诏令："民间有文武之高才者，可到朝廷自荐。"他奋发以求，拜谒无数，安心定志，然终未遂愿。

这年，杏花刚落，春光未老，他与许氏结成连理。自此，"酒隐安陆，蹉跎十年"。古人风流，不过梅妻鹤子，逍遥物外。

李白乃以杯为友、以文为妾之人。他满腹才华，怀揣大唐锦梦，最后的归处，仍是一诗一酒。

他的率真、赤子之心，未曾因境遇而稍改，一直伴随。我仿佛见到那个"我本楚狂人，凤歌笑孔丘"的大唐才子，正携一壶佳酿，醉在细竹深丛。

他的潦倒身世，装不下他的才华。故而，他大笔一挥，诗篇万首，肆意汪洋。

世间的情谊，不管与人之间，还是与物之间，能使之持续一生，不曾改变者，即是有情人。岁月苍茫，太多情意经不起风雨磨砺。

良朋佳友，往往败于一句谗言。玉壶冰心，经不起岁月的耗损。曾经的海誓山盟、风流过往，成了千古书卷中的一抹哀伤。

李白的诗磅礴大气，却也只能取悦于人，寥落时，用来换几壶酒。他曾道："吟诗作赋北窗里，万言不值一杯水。"

文梦如烟，也曾挽袖提笔，酌词斟句，不为名成功就，但求岁月安稳。纵是才情如仙的李太白，也败给了时光，输掉了生活。

三　安能摧眉折腰事权贵，使我不得开心颜

他年轻时，奔走江湖，浪迹长安，不为权贵所纳，备受冷落。

"吾不凝滞于物，与时推移。出则以平交王侯，遁则以俯视巢许。"他虽拜谒权贵，只为得逢杨意，施展才学，并非贪图富贵，悦乐身心。

他恃才傲物，不肯趋炎附势，卑微求存。"安能摧眉折腰事权贵，使我不得开心颜。"这是一个文人的姿态，亦是他的气度。

"五花马，千金裘，呼儿将出换美酒，与尔同销万古愁。"何等疏狂傲慢，何等豪气感慨！他自视清高，不求于人。然而，在王侯眼中，他不过是一个嗜酒的诗客、潦倒的书生。

他欲挥不世之才，为相为卿，却仅在不惑之年，供奉翰林。这个差事，无非为玄宗写诗弄句，吟咏太平而已。

他的才思，依然敏捷；他的豪情，渐而消磨。玄宗每有宴游，必命李白侍从，因为只有他可以出口成章，斗酒百篇。

玄宗也给了李白许多恩宠，他亦是放纵不羁，天马行空。玄宗开创开元盛世，知音律，善书法。那时的唐明皇痴迷杨贵妃，与之琴瑟和鸣，缠绵厮守。

李白的诗给他们添了无限情致，丰盈了原本乏味的宫廷生活。

这年暮春，兴庆宫牡丹盛开，玄宗和贵妃同赏。李白奉诏作《清平调词三首》，文辞绮丽，风流旖旎，亦宛转绰约。

清平调词三首

其一

云想衣裳花想容，春风拂槛露华浓。

若非群玉山头见，会向瑶台月下逢。

其二

一枝红艳露凝香，云雨巫山枉断肠。

借问汉宫谁得似？可怜飞燕倚新妆。

其三

名花倾国两相欢，长得君王带笑看。

解释春风无限恨，沉香亭北倚阑干。

贵妃极喜此诗，对李白也是爱慕有加。但他违心屈志，抱负难展，虽侍候天子左右，深得圣恩，又非他所愿。他渐生厌倦，终日纵酒，乃至"天子呼来不上船，自称臣是酒中仙"。

他于大醉之时写诗，命高力士为其脱靴。正是因他飞扬自得，狂放纵脱，惹人怨恨，失了功名。这又何妨？红尘的网千丝万缕，却困不住他孤傲的灵魂。

李白的诗，依靠酒力催成，若无酒，只怕他才情减半。几樽佳酿，顿时词华奔涌，才思盈荡，芳墨流淌，无穷无尽。

　　这样一位诗仙，才华在胸，却为身份所缚，拔剑四顾，心下茫然。他的风流，一似天际月，云外星。他藐视权贵，行于山水，终信"长风破浪会有时，直挂云帆济沧海"。

　　他亦有缱绻柔情、风流韵事，只是岁月漫长，被忽略了。但他的诗，却落了痕迹，几多情思，真挚动人。

　　"长安一片月，万户捣衣声。"多少闺妇，思念远征的丈夫，期待有一日硝烟散，战火息，于长安城久别重逢。

　　他唱："美人如花隔云端。"以李白的才学，爱慕他的女子自有千万。只是他一生漂泊，居无定所，些许功名，支撑不起他的志向。他虽有心，却不肯四处留情，做那薄幸之人。他性情豁达，宁可放弃美人，也不能失去自由。他把相思留在了长安，孤身一人，仗剑天涯，纵情山水。

长相思

长相思，在长安。

络纬秋啼金井阑，微霜凄凄簟色寒。

孤灯不明思欲绝，卷帷望月空长叹。

美人如花隔云端。

上有青冥之长天，下有渌水之波澜。

天长路远魂飞苦，梦魂不到关山难。

长相思，摧心肝。

四 事了拂衣去，深藏身与名

李白与道家，有着不解之缘。因玄宗好道，当世名流亦多追随。李白在洛阳遇到了落魄的杜甫，彼此惺惺相惜，互赠诗篇。友谊深厚，又不拘俗格，诗酒相携，倒也逍遥。

二人游山玩水，寻仙访道，足令清水生色，云山成韵，正如韩愈所说："李杜文章在，光焰万丈长。"

李白写过不少诗，言道言仙。他十八九岁时，写过一首《访戴天山道士不遇》，颇有趣味。

访戴天山道士不遇

犬吠水声中，桃花带雨浓。

树深时见鹿，溪午不闻钟。

野竹分青霭，飞泉挂碧峰。

无人知所去，愁倚两三松。

他本可将风流寄在太清，却在出世入世间，迷失了步履。李白的余生，亦因仓促，变得坎坷晦暗。

安史之乱爆发后，盛世仓皇，天下纷乱。名花倾国的贵妃，魂渺马嵬坡下，玄宗逃入蜀地，悲痛欲绝。

李白暗勘形势，知天下已乱，再无清宁。他自比东晋谢安，欲大展雄才，助永王割据江南，肃清海内。然这一切，在永王兵败后，折戟沉沙。

李白因此事关联，被系浔阳狱。虽被释放，但前事难脱，被流放夜郎。他的功业以及最后的雄心，亦在流放中灰飞烟灭。

他有才如锦，却是命数寻常，甚至不及市井凡夫、山野闲人。在流放的途中，再多山水名胜，也只是他酒盏下残醉未醒的梦。

他的暮年，被孤苦占据，无以解脱。幸而他是李白，再多的风霜磨砺，亦不能稍减其浪漫情怀。

他遇赦后，心情畅快，写下这首《早发白帝城》，以抒心意。

早发白帝城

朝辞白帝彩云间，千里江陵一日还。

两岸猿声啼不住，轻舟已过万重山。

是啊，回首过往，当真是轻舟已过万重山。他又可以吟咏山水，思古论今，不被世拘，无所畏惧。只是，他不再是那个神采飞扬的少年，负剑江湖，斗酒十千。

李白晚年依附人下，生活窘迫，病体难痊，很是凄凉。

有人说他醉酒后捞月而亡，也有人说他缠绵病榻，孤独离去。这些已不重要，无人在意他的去留，亦无人寻找他的下落。

虽是盛唐的诗仙，也与众生无异，仓促地来过世间，又潇洒地走了。留下一段传奇，以及无数赏心悦目的诗篇。我们记得他的诗，却找不到他的人了。

余光中先生说："酒入豪肠，七分酿成了月光，余下的三分啸成剑气，绣口一吐就半个盛唐。"

急管繁弦，终将止息，宾来客往，亦要散场。

真个是："事了拂衣去，深藏身与名。"

杜甫

使我有身后名，不如即时一杯酒

一 何时一茅屋，送老白云边

那年我去蜀中，赏过繁华的锦里，行过烟火弥漫的宽窄巷子。清风拂过，远去的光阴亦随之洒落一地，无从捡拾。

这座城市，闲适且幸福，沧桑亦悠久。一间茶馆、一条深巷，便藏了太多的凡尘荣枯、人生聚散。

也有魏晋人物、唐宋风流，但他们亦只是岁月的匆匆过客，轻于一片尘埃。这座城市让人恋恋不舍，又教人转身即可遗忘。韶光更改了它的容颜，却抹不去它有过的故事。

寻个老旧的茶馆，沏一壶闲茶，那浮动的绿叶，是"枇杷花里闭门居"的薛洪度，在翠溪深处遗落的幽思；是"出师未捷身先死"的卧龙先生，在武侯祠寄下的叹恨；又或是那个蹭蹬半生、到老难成的杜工部，在草堂留下的诗篇。

也不知是何年，飘蓬江海的杜甫写下"满目悲生事，因人作远游"和"何时一茅屋，送老白云边"这样的诗句。他的一生似乎都在辗转飘零，躲避战乱，餐风饮露，忍饥挨饿。

他虽有才华，然官场不得志。尽管自顾不暇，他仍然心系苍生，胸怀国事。

巴蜀岁月虽然短暂，却给杜甫寥落的人生添色增彩。当初他为避安史之乱远道而来，携着老妻幼子，一路风尘，心情悲郁。

无处安身的他，得好友严武的帮助，在成都浣花溪畔建了一座草堂，世称"杜甫草堂"。

当下的景致已非唐时遗址，若非有过一段故事，眼前的一切就太过平淡无华。千年岁月，纵是亭阁楼台，也成了残垣断壁。更何况只是几间茅屋、一池废水，早已随风成尘。

然而，这座草堂却让杜甫有了栖身之所。有一扇小窗，赏花观月；一张桌案，摆弄纸笔，书写诗句。

后来便有了"两个黄鹂鸣翠柳，一行白鹭上青天。窗含西岭千秋雪，门泊东吴万里船"这样优美轻灵的千古绝句。

二 安得广厦千万间

那时安史之乱已结束，硝烟散去，苍凉的岁月渐渐恢复过往的安宁。但看似明快清新的诗句，藏着挥之不去的忧伤与愁惧。

他尝历太多的生死离别，目睹国破后的山河，再多的喜悦，亦只是悲极而欢的无奈。

我仿佛看到那位无助的老者，于江畔叉腰而立，眉攒深愁。不曾经受贫苦，无法体会那种哀伤；不曾入绝境，亦无法品味世间的苍凉。

茅屋简陋，却可栖身，淡饭粗茶，暂解温饱。然而，秋日一场大风席卷而来，接着大雨如倾，茅屋破败，屋漏床湿，饥儿老妻难以入眠。

这位饱经风霜苦楚的诗客，怀着无比沉重的心情，写下《茅屋为秋风所破歌》。"安得广厦千万间，大庇天下寒士俱欢颜，风雨不动安如山！呜呼！何时眼前突兀见此屋，吾庐独破受冻死亦足！"

他内心无助绝望，却又坚定无比，一如草堂门外的翠竹。他愿用一己之躯，换回天下寒士欢颜，这是他的慈悲，更是他的豪迈。只是，凋零的日子，何来广厦千万间？一间茅屋还须不断地修修补补。

风雨过后，草堂有了片刻的宁静、短促的欢愉。花木繁盛的庭院，未曾因迎客而打扫。幽僻的柴门，今日为君敞开。光阴清寂，偶有佳客临门，自是喜不自禁。

他虽盛情，但家贫如洗，终力不从心。简单的菜肴，家酿的陈酒，频频劝饮，亦能尽欢。

客至

舍南舍北皆春水，　但见群鸥日日来。

花径不曾缘客扫，　蓬门今始为君开。

盘飧市远无兼味，　樽酒家贫只旧醅。

肯与邻翁相对饮，　隔篱呼取尽余杯。

　　杜工部虽是一代诗圣，胸怀锦绣，却收敛老成，不多显露。他不似李白那样豪情洋溢，追梦而行，他或愿守着妻儿，过些云淡风轻的日子。

　　奈何，他生在盛唐，却卷入了战乱里的风云变幻。半生过着饥寒交迫的日子，携了幼子老妻，颠沛流离。

　　他生来就有一颗悲天悯人之心，忧国忧民。"非无江海志，潇洒送日月。"他又何尝没有隐居林泉，漂游江海，打发光阴的念想？他不愿为谋求薄名微利而卑躬屈膝，整日奔忙钻营，耽误华年。

　　观杜甫诗文，必三叹而后掩书，几多感慨，无从消解。形容杜甫之一生，无过"悲催"二字。

　　"德尊一代常坎坷，名垂万古知何用！"他每天奔走江湖，尝尽苦涩，只为饱腹而已。"致君尧舜上，再使风俗淳"的宏伟抱负，被风尘淹没，杳无踪迹。

三　会当凌绝顶，一览众山小

杜甫并非生来贫贱，一世清苦。相反，他生于仕宦之家，家境优越，安定富足。虽非锦衣玉食，但也是温饱无虑，富贵有余。

其祖父杜审言，亦是诗人，乃"文章四友"之一。其父亲，也是官宦。

杜甫自幼受诗书熏染，勤奋好学，七岁能诗，"七龄思即壮，开口咏凤凰"。"读书破万卷，下笔如有神。赋料扬雄敌，诗看子建亲。"以杜甫的诗文造诣，以及他在唐诗界的名望，这般自述，算是当之无愧。

他年轻时，也豪气万千。"放荡齐赵间，裘马颇清狂。"他不似李白那样负剑而行，但他将豪迈之气深藏在胸，偶然抒发，足可惊动天地，倾倒众生。当时多少名流读过杜甫习作，赞其有班固、扬雄之风。

杜甫与李白的情谊淳厚深浓，留下世间一段佳话。他们相遇于洛阳，一见如故，志趣相投，且才力相当。

"醉眠秋共被，携手日同行。"他们相约同游，一仙一圣，推杯换盏，赋诗吟句，惬意逍遥。千古风流，莫过于此，樽酒中，留着盛唐的残醉，唱和间，遗落万古的诗篇。

李白有："山随平野尽，江入大荒流。"杜甫则有："星垂平野阔，月涌大江流。"

李白有："长风破浪会有时，直挂云帆济沧海。"杜甫则有："会当凌绝顶，一览众山小。"

二人生在大唐，临风濡墨，斟豪气入酒，挥洒一卷盛世山河。

若非执着功名，参加科考，杜甫以后的岁月亦可省略许多的波折悲苦。只是，那个时代，书生除了科举，别无选择。

他信心满怀，前往长安应试，终落第而归。之后几番挣扎，未遂人愿。

"举进士不中第，困长安。"他不甘放弃，守在长安十年，困顿迷惘。穷途末路的杜甫，为实现政治理想，无奈转叩权贵之门，干谒公侯。

他奔走献赋，怀才不遇，后终得到玄宗赏识。但因李林甫只手遮天，专弄私权，致使英才落魄，豪客江湖。

徘徊几年，游荡数载，杜甫被授予一个河西尉的小官。他感叹："不作河西尉，凄凉为折腰。"后改任右卫率府胄曹参军。一个心似鸿鹄、才华绝代的盛年诗客，仅仅得个守兵甲的差事，真是大材小用。

同年十一月，杜甫赴奉先县探望家人，却遇幼子饿死之事。"老妻寄异县，十口隔风雪。谁能久不顾，庶往共饥渴。入门闻号咷，幼子饿已卒。"他深怀悲楚，写下"朱门酒肉臭，路有冻死骨"的诗句。一字一血，痛彻心扉。

四　穷年忧黎元，叹息肠内热

"野无遗才"的背后，是腐朽衰弱的大唐根基。安史之乱爆发，潼关失守，玄宗西逃，天下大乱。杜甫在投奔肃宗的途中，被叛军抓获，押至长安，因他官小，未被囚禁。

之后杜甫冒险逃离长安，前往凤翔，遇到肃宗，被授左拾遗，故世称"杜拾遗"。然而却因营救房琯，触怒肃宗，影响了以后的仕途，被贬为华州司功参军。

此之后，杜甫再不受重用。他悲情的仕途，尚未开始，就走到终结。

那时战事频繁，民不聊生，他在探亲途中目睹一切，写下了著名的"三吏三别"。"夜久语声绝，如闻泣幽咽。"句句泣血，字字断肠。那个与他作别的老翁，守着伶仃的残岁，立在清晨的古道上，欲哭无泪。

忧时伤乱的杜甫，也已是风霜满面，力倦神疲。他携家人辗转到了成都，得严武相助，有了一座栖身的草堂。他被严武荐为节度参谋、检校工部员外郎，不久后辞官。一家人挤在茅屋，过着清贫如洗的日子。

"痴儿不知父子礼，叫怒索饭啼门东。"这便是他的日常生活。本应家人团聚，其乐融融，他却是家徒四壁，惹得幼子无礼，怒骂索食。他有旷世奇才，却换不来老妻幼子的一顿饱饭，那种无助凄凉，令人绝望。

杜甫就是这样守着穷困，于饥寒交迫中写着他的诗句。有时，一夜春雨，一片野云，乃至一点江火，也能给他一丝光芒。

细雨和风，万紫千红，纵有人世种种祸患灾劫，大自然依旧可以给这位落拓诗人美好的想象。春雨绵绵，如泣如诉，他蘸墨提笔：

春夜喜雨

好雨知时节，当春乃发生。

随风潜入夜，润物细无声。

野径云俱黑，江船火独明。

晓看红湿处，花重锦官城。

孔子曰："君子固穷，小人穷斯滥矣。"也许只有君子，方可经得起消磨，守得住苦楚。杜甫半生漂泊，除了年少时有过一段安逸时光，之后未曾风光过。

他的才学，旷古绝伦；他的声名，鼎盛无比；他的磊落，配得起诗圣之名；他的诗文，被称作"诗史"。

五 亲朋无一字，老病有孤舟

严武去世后，杜甫也离开了成都，江湖流转，抵达夔州。承蒙夔州都督柏茂林的眷顾，杜甫得以暂住，免去流离。

他既代管公田百顷，自己亦租了些田地耕种。他带着家人一同劳作，总算过上粗茶淡饭的生活。

些许安稳，不思温饱，于他已是奢侈。白日耕种，夜里伏案书写，许多时候，文人享受这份清寂与孤独。比起战乱流亡，市井喧闹，写诗是一种幸运。

这段时日，杜甫诗作颇丰，达数百首。只是日久年深，存留下来的不多，其间那首七律《登高》成为千古绝唱。

登高

风急天高猿啸哀，渚清沙白鸟飞回。

无边落木萧萧下，不尽长江滚滚来。

万里悲秋常作客，百年多病独登台。

艰难苦恨繁霜鬓，潦倒新停浊酒杯。

经历荣辱兴废、生死离合，漂泊一生的杜甫思乡心切。他归还了田地，离开了夔州，转身天涯。承受着经年老病的他，漂流成了宿命。

那一日，他泊舟岳阳楼下，虽早闻盛名，却想不到暮年才有幸一睹其风采。洞庭湖波澜壮阔，浩瀚无垠，日月星辰似漂浮于湖水中。他心生感慨，题诗：

登岳阳楼

昔闻洞庭水，今上岳阳楼。

吴楚东南坼，乾坤日夜浮。

亲朋无一字，老病有孤舟。

戎马关山北，凭轩涕泗流。

"亲朋无一字，老病有孤舟。"这一生，他以舟为家，身世凄凉，但因为有诗而比寻常人多了几分荣幸。

他生在盛世，本该为明主所用，建功立业。他心怀慈悲，忧国忧民。奈何不合时宜，消磨了豪情，耗费了心力。

生命微茫，来时不慌不忙，去时不惊不惧。大历五年（770年）冬，杜甫病逝在一叶小舟上，时年五十九岁。一代诗圣，其结局也不过如此。

那个时代，像他这样以悲剧散场之人，不遑枚举。他离去后，化作诗一首，如生前那般，漂流于江海，不染霜尘。

千秋之名，万世功业，转瞬也是灰飞烟灭。正如晋代名士张翰所说："使我有身后名，不如即时一杯酒。"

古人的风流，尽在杯盏中，又如何说得清？

卷三

我有一瓢酒，
可以慰风尘

韦应物

我有一瓢酒，可以慰风尘

一 我有一瓢酒，可以慰风尘

江南的夏日，时有大雨悄然而至，你毫无防备，窗外已是一阵飘风急雨。

"飘风不终朝，骤雨不终日。"我知道，这风雨终会停歇，也许今晚，也许明日，一定会停歇。一如这世上的风雨，亦只是飘摇一时，终会止息。

明日，残花落尽，万物洗去尘埃，又将是另一种景象。

其实，世间的功名利禄，本是多余之物。于古人而言，一张闲琴，一壶老酒，一卷诗书，一位知己，此生足矣。但偏生又是这些诗文卓绝的古人，穷尽一生，寒窗苦读，只为步入仕途，纵横官场。

唐朝的人物，自有一种豪气与疏旷，但亦有柔情婉转。一如我，虽是闺阁女子，亦有亮烈与洒脱。

韦应物的诗，我也算是读过十余首，有些模糊不清，有些深入骨髓。后来，最爱的却是那首《简卢陟》。诗云：

简卢陟

可怜白雪曲，未遇知音人。

恓惶戎旅下，蹉跎淮海滨。

涧树含朝雨，山鸟哢余春。

我有一瓢酒，可以慰风尘。

"我有一瓢酒，可以慰风尘。"他该是走过了怎样的万水千山，饮尽了多少孤独，方有此旷达。而我，也算是行走半生，阅尽沧桑，唯一瓢酒、一盏茶，方可慰风尘寂寥。

韦应物的人生，是以华丽开场的。他出身于官宦世家，在京城极有声望。

韦应物的曾祖韦待价，《新唐书》《旧唐书》有传，武后时任宰相。祖父韦令仪，曾为宗正少卿。而其父亦颇有名望，为当时善画花鸟山水的画家。

韦应物于世家大族中成长，家中藏书万卷，墨香四溢。他自幼便安享富贵，受尽宠爱。他的世界没有穷困，亦无委屈，而是鲜衣美食，娇生惯养。

那时的韦应物，不似他后来所作的山水诗那般清冷淡远，静谧悠然，而是年少轻狂，神采飞扬，甚至有些傲慢无礼，盛气凌人。

他十五岁便出入宫闱，成为唐玄宗近侍，扈从游幸。

彼时长安车马如龙，团花簇锦，大唐亦是盛世煌煌之景。韦应物伴随大唐天子身边，与之俯瞰河山，傲睨万物，万千荣耀。

后来，他在诗中曾描述过当时情境。"少事武皇帝，无赖恃恩私。身作里中横，家藏亡命儿。……一字都不识，饮酒肆顽痴。"

他依靠家族势力，得君王恩宠，打马长安，饮酒纵情。原以为，就这样往来宫廷，闲游街市，吃喝玩乐逍遥地过一辈子。

然而他安逸的梦想、贵族的生活，皆随着安史之乱的爆发，被彻底粉碎。

二 生长太平日，不知太平欢

这场灾祸突如其来，长安城一夜间风云变幻，天下大乱，众生颠倒。

唐玄宗弃下龙椅，坐着车辇随军逃去蜀地。乱世中，美人江山，一个都没能保全。帝王尚且如此，更莫说这些依附君王的侍从。

兵荒马乱，帝王奔于逃命，那些达官显贵瞬间流落无主。韦应物第一次遭遇朝廷的巨变，失去光环的他，在风雨动荡的长安城不知何去何从。

人生要经过忧患，尝些疾苦，才深知其味。一场动乱，改变了唐玄宗的命运，亦改变了韦应物的一生。

安史之乱的硝烟弥漫了整个长安，迟迟不肯散去，京城秋叶纷飞，许多人残梦依稀，拒绝清醒。

经过这番动乱，韦应物不再是曾经那个骄傲自负的少年，他的前途有了天翻地覆的转变。

就在他人生的至暗时刻，有一位红粉佳人来到他的身畔，让他落寞的人生重新有了生机。

"夫人吏部之长女。动之礼则，柔嘉端懿；顺以为妇，孝于奉亲。"他的妻子乃官家之女，温柔端庄，知书达礼，且饱读诗文，气质如兰。

她才情横溢，柔情似水，足以慰其孤独，为之抚去尘霜。朝廷依旧飘摇不安，但他必须要寻找一种最好的方式自救，远离惊慌。

闲散了多年的韦应物，收拾那颗放纵不羁的心，开始静心苦读。外界的纷纭、喧嚣的乱世皆被其关于门外，不闻不问。

他变了，再不是那个倚仗皇权的纨绔子弟，他在书卷里寻到了宁静，于诗文中找到了归宿。

更何况，他的身边有妻子为其红袖添香。伉俪情深，如胶似漆，偶有兴致，也一起诗酒琴茶，剪烛夜话。

韦应物原本天资聪颖，加之这些时日秉烛达旦，已是学识精进，才华过人。

被冷落数年的韦应物，在其二十七岁的那年，当上了洛阳的县丞。他凭自身的努力，真正走上了仕途，虽官职低微，却勤政为民。

"生长太平日，不知太平欢。今还洛阳中，感此方苦酸。"为官期间，韦应物闲时便吟咏诗句，释放心情。

此后近十年，韦应物往来于洛阳和长安，官职也是时起时落，忽高忽低。但他有佳人相伴，拥有人间最平淡却长情的幸福。

经过动荡的大唐盛世难再，物是人非，韦应物的心境亦随着时间慢慢改变。

他的诗风疏淡，有一种清冷幽情，其描写的物象，亦是岑寂静美。

赋得暮雨送李曹

楚江微雨里，建业暮钟时。

漠漠帆来重，冥冥鸟去迟。

海门深不见，浦树远含滋。

相送情无限，沾襟比散丝。

夜偶诗客操公作

尘襟一潇洒，清夜得禅公。

远自鹤林寺，了知人世空。

惊禽翻暗叶，流水注幽丛。

多谢非玄度，聊将诗兴同。

之后，韦应物居长安数载，任京兆府功曹，又任高陵宰。

岁月庸常，官运也是平平，但他们夫妻携手，风雨相随，悲喜与共。有时候，世间的情爱可以抵却万般功名，乃至富丽江山。

三 岁月转芜漫，形影长寂寥

当年唐玄宗失去杨贵妃后，对龙椅再无眷恋，每日回忆与贵妃在长生殿的恩爱时光。万物形同虚设，这尘世，他亦是别无所求。竟不想，这种痛楚，韦应物也要承受。

他本仕途平稳，岁序静好，妻子骤然病逝，让韦应物的人生再一次迷失方向。他的世界仿佛天崩地裂。

韦应物伤痛到无以复加，很长一段时间，他都不能从悲恸中走出来，心思枯竭，寂灭如水。

他甚至以疾辞官，闲居在家。如果说，曾经他对仕途还有一点幻想，如今亦因为妻子的离世，而荡然无存。

　　世俗的名利富贵，原只是过眼烟云，他们夫妻情深，也成了镜花水月。那时，韦应物的心里只有妻子的音容笑貌，万物皆可抛之不顾。

　　几番悲痛欲绝，未来山长水远，冷暖交织，他要如何独自走完？辞官的日子里，韦应物闭门谢客。

　　这期间，他创作了许多悼亡诗，情真意切，感人肺腑。这些哀伤的诗句存留于世，读来依旧如泣如诉，荡气回肠。

悲纨扇

非关秋节至，讵是恩情改。

掩鞞人已无，委箧凉空在。

何言永不发，暗使销光彩。

对芳树

迢迢芳园树，列映清池曲。

对此伤人心，还如故时绿。

风条洒余霭，露叶承新旭。

佳人不再攀，下有往来躅。

感梦

岁月转芜漫，形影长寂寥。

仿佛觌微梦，感叹起中宵。

绵思霭流月，惊魂飒回飙。

谁念兹夕永，坐令颜鬓凋。

"梦想忽如睹，惊起复徘徊。"他对妻子朝思暮想，一往情深。奈何佳人不再，只能借诗文倾诉其无尽的思念。

经过此番变故，韦应物更是无心功名，在以后的岁月里，任凭云聚云散，潮起潮落。

那些养尊处优的日子，离他越来越远。他收拾好破碎的心情，重新步入仕途，不图浮名功贵，但求无愧百姓。

他开始辗转于各地为官，勤恳执政，爱惜民众。他忽略个人荣辱，倾尽一切做一些力所能及之事。

四 野渡无人舟自横

从滁州刺史到苏州刺史，他皆是清廉为政，两袖清风。晚年的韦应物，日子清贫困窘，他的心境，早已从当年的盛世繁华里走出。他爱上了山水田园，向往淡泊清远。

亦是在晚年，韦应物将山水诗写到了极致。他追寻先秦的风雅，沿袭了王维和孟浩然的诗歌气度与情境。

他的诗风澄澈精致，有一种洗尽铅华的清幽和静谧。其诗文内容丰富，风格清新，对后世亦有深远之影响。

寄全椒山中道士

今朝郡斋冷，忽念山中客。

涧底束荆薪，归来煮白石。

欲持一瓢酒，远慰风雨夕。

落叶满空山，何处寻行迹？

寄李儋元锡

去年花里逢君别，今日花开又一年。

世事茫茫难自料，春愁黯黯独成眠。

身多疾病思田里，邑有流亡愧俸钱。

闻道欲来相问讯，西楼望月几回圆。

　　他的山水诗始终流露出一种幽情、几许寂寥，毕竟他的人生是从华丽转向没落，毕竟他也算是历尽沧海桑田，尝遍离合悲欢。他本是天子的近侍，此一生无须太努力，就可以安享荣华。

　　说好了不识一字，每日纵情饮酒，醉卧长安。然江山动乱，物换星移，让一切都改变。他极尽心力，悬梁刺股，只换取微薄的功名，终是庸碌半世，无有作为。

　　说好了相濡以沫，白首偕老，说好了生死契阔，不离不弃，她竟不顾誓约，转身离去，提前散场。留他一人，在寂寥的人间，踽踽独行。

　　也有过迷惘彷徨，有过仓皇失措。幸而柳暗花明，他与山水相逢，和风月相知。恬淡不争的自然风物，让他寻到了内心的宁静。他漂泊不安的灵魂，在风雨乱世中有了依归。

滁州西涧

独怜幽草涧边生，上有黄鹂深树鸣。

春潮带雨晚来急，野渡无人舟自横。

涧边的幽草、深树的黄鹂，乃至晚来急雨、野渡孤舟，这些清冷又寻常的意象，在他笔下，从容自安，闲静超脱。

他不是陶公，早早放下功名，归居田园。亦不是王维，在禅佛之境，空灵自在。他自有一种高情雅志，避开尘世喧烦，漫步林泉，凉风拂衣。

可怜的是，为官一生的韦应物，晚年悲凉。他被免去了苏州刺史之职，且因身无一钱，而筹不到路费返回长安。

他寄居于苏州永定寺，这千古风流之地，也不能安放他漂泊的心。

他死在了姑苏，后尸骨运回了长安，与妻子合葬，不负“生同衾，死同穴”的誓言。长安，才是他此生的归宿，是他的温柔富贵乡。

世人皆慕晋人高远闲适，唐人潇洒不羁，岂不知每个时代都有其不可言说的悲凉。

人生一世，经受一些哀乐苦楚，亦是寻常。一如墙角的梅、庭院的竹，惯砺风霜，早已无畏无惧。

　　"我有一瓢酒，可以慰风尘。"他的一生，积攒了厚厚的尘埃，擦之不去。唯有一壶酒，可解数年悲苦，慰风尘寂寥。

　　以后，光阴湛湛，清白一身，再无挂碍。

韩愈

百代之师，他是千里马，谁又是他的伯乐

一 千里马常有，而伯乐不常有

盛唐的风流，不可名状；盛唐的人物，灿若星辰。

从贞观之治，到开元盛世，大唐经历着旷古未有的繁盛昌荣。大唐诗人百卉千葩，各有其华；长安雅士纷繁如雨，各有其贵。

有这么一个人，生在以诗为梦的大唐，却写文为事，被尊为"唐宋八大家"之首，有"百代文宗"之名。

他用锦绣之笔，绘春秋冬夏；以佳词秀句，写悲欢离合。他是古文运动的倡导者，主张继承先秦两汉散文之风，反对辞藻华丽、对仗工整之文。

他以文为诗，其文章气势雄伟，新奇独创，一改旧日平庸诗风。后人将其与柳宗元、欧阳修和苏轼合称"千古文章四大家"。其文"发言真率，无所畏避"，透彻明了，"文起八代之衰"，让人不由叹服。

他的文法严谨，逻辑缜密，如黄庭坚所说："老杜作诗，退之作文，无一字无来处，盖后人读书少，故谓韩、杜自作此语耳。"正因为这样，后人称他们为"杜诗韩笔"。

纵是旷世高才的东坡居士亦对其如此称赞："文起八代之衰，而道济天下之溺；忠犯人主之怒，而勇夺三军之帅。此岂非参天地，关盛衰，浩然而独存者乎？"

他即大唐骐骥，纵才怀锦，书写着盛世繁华，世称"昌黎先生"的韩愈。相比长安城诸多诗客才俊，韩愈是幸运的，虽也历经坎坷，几遭贬谪，但终是功成名就。

至少，他被后世尊为"百代之师"，文章千古，诗风豪迈，气概非凡。至少，他一介文弱书生，出使镇州，无畏无惧。

"千里马常有，而伯乐不常有。"有时平步青云，只需一次青眼之识。有时高官厚禄，亦只是一步之遥。

大概，除了伯乐，千里马还需要一片可以奋蹄驰骋的疆土。也正是大唐的风流，河山之壮丽，方才引出无数才子诗客。

他们之中，纵然亦有许多高才者一生贫贱，未能朱衣紫绶，名列凌烟，但他们却在风华无边的诗国，与志趣相投之人唱和吟咏，风雪灞桥。

他们途经这个伟大的时代，与气吞山河的君王、所向披靡的豪烈、风华绝代的雅士同在一片天空。想来，即使苦楚，落魄，亦是一种幸运。

从无到有的过程，是苦途，而从有到无的过程，是悲哀。古来多少才客文人落魄江湖，困顿于一衣一食，何等凄凉。

他们非无才成事，只是时机未得。他们非懒惰成性，只是他们有鸿鹄之志，习惯了自在翱翔，并不愿一生栖居茅檐，在田园间过多留下身影。

二 念身幸无恨，志气方自得

韩愈也是生来清贫，无所依靠。其父曾任秘书郎，可惜在韩愈三岁时便去世。

他随兄长韩会长大，然而韩会因受元载牵连，被贬为韶州刺史，不久就病死任上。

孤苦的韩愈无处寄身，只能跟随寡嫂避居宣州，饱受颠沛流离之苦。他知人世艰辛，身如浮萍，故读书格外用功，不敢有丝毫的怠慢。虽寡嫂待其真心，但看着一贫如洗之家，他心存愧疚，又无计可施。

那时的韩愈唯一能做的，便是昼耕夜诵，饱读诗书。待学业渐成，他便离开宣城，只身前往长安。唯有长安，可以容得下一个文人的梦想，成全一个男儿远大的抱负。

这期间，他拜访了族兄韩弇，希望得到推荐，却一无所获。

长安城果真是锦绣之地——这里香车宝马，川流不息；这里遍地繁华，满朝公卿；这里灯火辉煌，摩肩接踵。但一切都与他无关。

他一贫寒之士，除了几卷破旧的诗书，别的一无所有。他寄于檐下，无处安身。他潦倒街头，徘徊驿站。

他在初试便落第，满腹学识，亦是枉然。那时间，他孤身飘零，生活无依。怅惘时，也买醉酒铺；兴起时，亦吟咏诗章。

春雪

新年都未有芳华，二月初惊见草芽。

白雪却嫌春色晚，故穿庭树作飞花。

晚春

草树知春不久归，百般红紫斗芳菲。

杨花榆荚无才思，惟解漫天作雪飞。

"遇酒即酩酊，君知我为谁？"他在等候，希望有那么一个人，可以赏识他的才华，理解他的志向。几番辗转，韩愈有幸拜见北平王马燧，并得其相助，解了窘迫。如此，亦算不虚此行。

但科举之路，却是举步维艰，百般受阻。他几次三番落第，心事低沉，难以释怀。直到第四次参加进士考试，终榜上有名。然而，接下来的博学宏词科考试，又是三番折戟，才运交华盖。

他也尝试上书权贵，渴望被推荐，但未得回应。他自问坚韧

我有一瓢酒，
可以慰风尘

不拔，不屈不挠，但世事有太多的缺失，岂能尽遂人愿？他需要
暂时休憩，等候时机，再卷土重来。

他怀着失落离开长安，去往洛阳。古道夕阳，垂柳依依，送
别的人还在，而他已随着尘土飞扬，缥缈无痕。

次年，韩愈在董晋的推荐下，试任秘书省校书郎，并出任宣
武节度使推官。这个小小官职，虽微不足道，却让他寄身三年，
免流离之苦。直到董晋去世，他因送灵柩归乡而离开，开始了另
一段人生旅程。

三　云横秦岭家何在？雪拥蓝关马不前

他再次来到长安，这个给了他失意，却情缘难了的京城。这
时的他，孑然一身，但已无所畏惧。韩愈第四次参加博学宏词科
考试，并得以通过。可见人间的幸福，虽会迟来一步，但一定
会来。

韩愈被任命为国子监四门博士，之后晋升为监察御史。他总
算是冲云破雾，从困境落拓里走出来。他的仕途，才真正开始。
他的人生，又是一番海阔天空，亦免不了波涛汹涌。

他性格耿直，不愿同流合污，官场间的起落，自是寻常。
803年，关中大旱，饿殍遍野，京兆尹李实却封锁消息，谎称
丰年。

韩愈经过查访得知真相，怒不可遏，上《御史台上论天旱人

饥状》疏，为灾民争利，却反遭李实等人陷害。他百口莫辩，被贬为阳山县令。

整整三年，他才获赦免，返回长安。但他的仕途并未平顺安稳，随之而来的，是更多的宦海浮沉。

他担任国子博士，再到都官员外郎，又降授河南县令，再复任国子博士。诸多官位，反复变更，忽来忽往，使他心力交瘁，疲惫不堪。

"业精于勤，荒于嬉；行成于思，毁于随。"这年他心生感慨，写下《进学解》。他自问才高，却频频遭贬，不受重用。看似劝学，实则是自抒愤懑，感叹怀才不遇。

宰相裴度看后深表同情，亦对韩愈之才极为钦佩，随即将他调为比部郎中、史馆修撰。韩愈奉命修撰《顺宗实录》。

接下来的几年，他几经拔擢，晋升为中书舍人。若非得贵人提携，韩愈的官宦之旅或许会在庸常中蹉跎到老。纵算他有雄韬伟略，有不同俗流的文章，终难有大的作为。

在那个时代，机遇也是千古一时。若无指路之人，就连杜甫，也不过混个看管兵甲器械之职。韩愈在恰好的时间，遇到了恰好的人，是幸运。

大概，正因此才有了那篇千古名作——《马说》。"世有伯乐，然后有千里马。千里马常有，而伯乐不常有。故虽有名马，祇辱于奴隶人之手，骈死于槽枥之间，不以千里称也。"

元和十二年（817年）八月，韩愈被聘为行军司马，随裴度平定淮西，因功授刑部侍郎之职。他奉宪宗之命，写《平淮西碑》，却因功劳陈述有出入，惹人愤怨，碑文被磨去。

但他的文字，却无可丢失。历史会记住一切，尤其是这些气势磅礴之千古奇文。宋代葛立方《韵语阳秋》说："裴度平淮西，绝世之功也；韩愈《平淮西碑》，绝世之文也。非度之功，不足以当愈之文；非愈之文，不足以发度之功。"

正是因为他敢写群臣所未言的文章，敢于破流俗之见，上书慷慨激昂的《谏迎论佛骨表》，触恼宪宗，被赶出京城，贬为潮州刺史。离开长安，其侄孙韩湘送行，韩愈写下千古名作。

左迁至蓝关示侄孙湘

一封朝奏九重天，夕贬潮州路八千。

欲为圣明除弊事，肯将衰朽惜残年！

云横秦岭家何在？雪拥蓝关马不前。

知汝远来应有意，好收吾骨瘴江边。

因一纸文书，一贬即是数千里，如此大祸，也无怨悔。立马蓝关，大雪纷飞，他内心之悲壮，于诗中尽现。

前路漫漫，死生难料，又有何所惧？他的诗大气磅礴，沉郁顿挫，有一种震撼人心的力量。

四 莫道官忙身老大，即无年少逐春心

一年后，韩愈重返长安，获得新职。世上一切苦难，也随风烟消散。他的人生岁月，似乎亦只是随着文字而起落，时荣时枯，忽明忽暗。

长庆元年（821年）七月，韩愈转任兵部侍郎。镇州兵变，众将士杀害新任节度使田弘正。韩愈奉命作为宣慰使，前往镇州处置诸事。

身入乱军，生死难料，诸人都觉得韩愈此行凶多吉少。然而他毅然而往，与陈利弊，终得事成。

他对裴度说："今借声势，王承宗可以辞取，不烦兵矣。"他虽一介书生，却有过人的才智和胆识，亦有铮铮铁骨，不惧凶险，令人敬畏。

人若其文，他率真纯粹，不落俗流，无所拘谨。他任国子博士一职时，亲授学业，复兴儒学，提携人才，至情至性。

他待人亦是有情有义，患难不弃。他曾几番落第，潦倒长安，故对那些有学识之文人心存敬意。

孟郊屡次落第，痛苦万分。他写诗相赠，宽慰其心。后孟郊中举，他似觉心愿已了，与之推杯换盏，把酒言欢。

长安交游者赠孟郊

长安交游者，贫富各有徒。

亲朋相过时，亦各有以娱。

陋室有文史，高门有笙竽。

何能辨荣悴，且欲分贤愚。

世间最难逃的，即生老病死。那年，他因病告假。然而，尚有政务未了，文章未完，壮志未酬，他便仓促离世。他死在长安，只有这座城，可以延续他未尽之心愿。

至于身后之名，他毫不在意。五十七年的人间岁月，足够他书写自己的风流。

他是不幸的，自幼丧亲，孤苦伶仃；他又是幸运的，得官加爵，文思不断。他仕途坎坷，得遇贵人；他受尽磨难，终成大器。

他是唐代古文运动的倡导者，得"文章巨公"之名，有《韩昌黎集》传世。

"天街小雨润如酥，草色遥看近却无。最是一年春好处，绝胜烟柳满皇都。"那年早春的长安，微风细雨，烟雾迷蒙中，青青草色若有若无。

他停留在这早春朦胧之境，二月年华，迟迟不忍离开。只是，待到皇城杨柳堆烟，帘幕重重时，他又魂归何处，去往哪里？

刘禹锡

旧时王谢堂前燕，飞入寻常百姓家

一　旧时王谢堂前燕，飞入寻常百姓家

《乌衣巷》是唐时刘禹锡的怀古之作，亦是其《金陵五题》中最值得令人深味之作。"旧时王谢堂前燕，飞入寻常百姓家"，这千古名句旷古烁今，自有其不可一世的华贵。

六朝古都虽已成陈迹，但金陵的王气犹存。清风细雨中，飘散着浓郁的脂粉味，这座城，有着南国的温柔绮丽，有别于任何一座皇城。

曾经煊赫一时的王谢家族，随着朝代的更迭、光阴的变迁，而成了过眼云烟。

东晋时，王导和谢安两大家族，皆居住在乌衣巷，人称其子弟为"乌衣郎"。那时的乌衣巷，乃贵族名流的聚集之所，可谓盛况空前，门庭若市。

　　王谢府邸繁华鼎盛，白日画檐如云，夜里灯花若雪。有如此盛景，入唐后，乌衣巷却沦为一片废墟。

　　当年的朱雀桥边，长满了野草；乌衣巷口，再无宝马香车；亭阁楼台，已成废池残景。夕阳斜照在荒芜的墙垣，更添沧桑。就连燕子也飞入寻常百姓人家，寻不到当年的主人。

　　世事变迁，盛衰有定，旧日王谢风流早已荡然无存，烟消云散。

　　唐之后，宋元明清皆有人来此追思怀古，写下诗作，留下风雅。金陵城的乌衣巷，乃至朱雀桥、秦淮河、莫愁湖，都有故事，有情感，有历史的痕迹。

　　此刻的金陵，微雨笼罩，薄雾萦绕，不仅散发着王气，更有一种风情，令人沉醉其间，难以醒转。

　　刘禹锡感叹岁月沧桑，人世多变，说的是王谢家族，亦是自身际遇。

　　刘禹锡生于中唐时期，错过了大唐最繁盛的一幕，纵如此，亦掩不住他的豪迈诗情、旷世风流。他乃大唐才子，功名寄身，诗歌辞赋皆是卓尔不群，有"诗豪"之称。

二　晴空一鹤排云上，便引诗情到碧霄

　　刘禹锡自称其祖先为汉景帝与贾夫人之子——中山靖王刘胜，其家世背景，也算是大有来头，不可小觑。

其祖父和父亲，皆是小官僚。刘禹锡生于这样的仕宦家族、书香门第，虽不及王谢之风流，亦当是幸运。

安史之乱令原本歌舞升平的大唐转瞬间七零八落。这场硝烟，粉碎了昨日的繁华，消磨了帝王的壮志，亦惊醒了达官显贵沉睡的梦。

刘禹锡的父亲刘绪，为避这场突如其来的战火，而迁居苏州。

苏州乃富贵繁华地，刘禹锡在此度过其最好的年少时光。他幼时聪敏好学，熟读儒家经典，既吟诗，亦作赋。江南温软的山水、清新的风物，赋予他天资与灵性。

他曾随父亲拜访过江南著名的诗僧皎然和灵澈，得其指点，受其熏染。他将禅学与诗学融合在一起，诗风闲淡清丽，不入俗流。

据其《澈上人文集纪》自述，当时他"方以两髦执笔砚，陪其吟咏，皆曰孺子可教"。

十九岁那年，满腹诗书的刘禹锡辞别父母，离开江南，去往洛阳、长安游学。

江南的风物自是长情闲逸，但一个男儿的梦想，不只有风花雪月，更有锦绣山河。他数年寒窗，所为的，亦只是名震京华、人前显贵。

他虽于温婉的江南长大，个性却是洒脱随性，豪爽不拘。初至长安，短短数月的停留，他已诗名远播，誉满京城。在此期间，他亦结识权贵名流，和文友诗酒唱和，偶傥不羁。

他的科举之路，则是顺达平坦，毫无荆棘拦阻。贞元九年（793年），刘禹锡进士及第，同年登博学宏词科，与之一同及第的，还有柳宗元。

两年后，他再登吏部取士科，授太子校书郎。置身于浩瀚的书库，饱学多才的他，可谓得心应手，游刃有余。

曾经他梦过千百回的盛世长安，如今就在眼前，虽无初时的繁华，却一如既往地尊贵，令人迷恋。

在这里，名利唾手可得，富贵亦是囊中之物，他想象中的钩心斗角、尔虞我诈尚未到来。

三 自古逢秋悲寂寥，我言秋日胜春朝

不久，因父亲去世，刘禹锡回家丁忧。闲居的日子，自是散淡无争，他似乎已不习惯江南的风月静好。

回到长安，他被淮南节度使杜佑招去任掌书记，而后随杜佑去了扬州，为其撰写公文——虽无大的作为，亦算是给仕途增添了不少阅历。

贞元十八年（802年），刘禹锡调任京兆府渭南县主簿。因其才华出众，年轻有为，迁监察御史。官职虽不大，他却在此有幸结识了志趣相投的好友。

当时，韩愈、柳宗元皆在御史台任职，三人诗酒风流，形影

不离，推心置腹。

于文人而言，一生中最快乐的时光，并非有高官厚禄时，而是有知音相伴时。岁月平淡无华，但因为彼此的深情厚谊，而有了趣味。他们才华高绝，聚集一处，不仅有诗酒琴茶，亦有政治抱负。

历史给了他仕宦生涯，一段巧妙的机遇，也为其日后的谪贬，铺下了伏笔。

唐德宗驾崩后，李诵即位，是为唐顺宗。原太子侍读王叔文有改革弊政之志，刘禹锡与其政见一致，且才华深得王叔文赏识。

他被任为屯田员外郎，和王叔文、柳宗元等人一同打理朝堂，推行新政。

但这场革新，仅维持了几月光景，便宣告失败。就是这一场失败，令刘禹锡数十载辗转飘零，再无风光得意时。

刘禹锡最终被贬为朗州司马，柳宗元最终贬为永州司马，同时被贬为司马的共八人，这就是历史上著名的"八司马事件"。

政治失意，人生挫败，初至朗州，他甚至无安身之所。过惯了锦衣玉食的生活，他一时间竟有些无所适从。心中愁闷，诸多悲凉，唯寄诗文。

秋风引

何处秋风至？萧萧送雁群。

朝来入庭树，孤客最先闻。

秋词

自古逢秋悲寂寥，我言秋日胜春朝。

晴空一鹤排云上，便引诗情到碧霄。

四　东边日出西边雨，道是无晴还有晴

那是一段漫长的谪贬生涯，刘禹锡从初时的烦闷悲郁，慢慢地学会了随遇而安。他在静谧温润的山水中，寻到了心灵的恬淡与归宿。

他的诗，一改当时的狭小萧瑟之风，而有了疏朗开阔之景象。

望洞庭

湖光秋月两相和，潭面无风镜未磨。

遥望洞庭山水翠，白银盘里一青螺。

十年风霜，十年沉落，一首诗，足以道尽其悲喜。但诸多过程，那许多的酸楚艰辛，唯有亲历过，方知其味。

刘禹锡乃一代诗豪，性情豁达，十年辛苦，亦算不得什么。

其心高洁不染，亦懂得安贫乐道。

他等来了朝廷的诏书，即日返回长安，一路跋涉，心中已无悲无喜。等待他的，不是锦绣前程，而是排挤倾轧。

朝廷并未对他加以重用，而是再次将他逐出长安，贬去了偏远的连州。那时的柳宗元境况与之相同，被贬至柳州。

长安古道，陌上繁花如锦，一切景物，熟悉亦陌生。有人策马扬尘，樽酒尽欢；有人零落江湖，穷愁潦倒。人生有起有落，些许磨砺，已见惯不惊。

辞别故人，他赋诗一首。

再授连州至衡阳酬柳柳州赠别

去国十年同赴召，渡湘千里又分歧。

重临事异黄丞相，三黜名惭柳士师。

归目并随回雁尽，愁肠正遇断猿时。

桂江东过连山下，相望长吟有所思。

连州的生活乏味枯燥，寒山瘦水，既无江南的明媚风韵，亦无长安的璀璨旖旎，也有别于朗州的古朴清新。但他尽心尽责，做一些改善民生之事，不负百姓之托。

直至母亲去世，刘禹锡方离开连州。丁忧几年，之后刘禹锡任职夔州刺史。身在仕途，恰如浮萍飞絮，不能自主。除了唯命是从，别无选择。

巴蜀之地历史悠远，人文底蕴深厚。这里民歌盛行，刘禹锡将民歌转化为诗体，诗风轻快明丽，别有一番情调。

他借竹枝词的格调，写出七言绝句，既有纯朴的生活气息，又有浓郁的人文风味。

竹枝词二首

其一

杨柳青青江水平，闻郎江上唱歌声。

东边日出西边雨，道是无晴还有晴。

其二

楚水巴山江雨多，巴人能唱本乡歌。

今朝北客思归去，回入纥那披绿罗。

五 人生几回伤往事，山形依旧枕寒流

长庆四年（824年），刘禹锡调任和州，任和州通判。近二十载的谪贬生涯，他是遍尝冷暖，荣辱无惊。以后，无论再遭逢怎样的变数，邂逅何等际遇，他皆镇定从容，不疾不缓。

走过万水千山，历岁月百折千回，他用半生修行，换取心灵的超脱。十数载漂泊，居无定所，他始终处乱不屈，高洁刚直。

更因多年仕宦跌宕的人生境遇，他写出了旷世名篇《陋

室铭》。

陋室铭

山不在高，有仙则名；水不在深，有龙则灵。斯是陋室，唯吾德馨。苔痕上阶绿，草色入帘青。谈笑有鸿儒，往来无白丁。可以调素琴，阅金经。无丝竹之乱耳，无案牍之劳形。南阳诸葛庐，西蜀子云亭。孔子云："何陋之有？"

陋室之中，亦有高洁之士，可调素琴，阅金经。当年诸葛亮幽居草庐，等候时机；扬雄淡薄功名，潜心修学。

如今的他，宁可屈居于此，亦不肯与世俗同流合污，违背心意。若有幸再逢明主，自可一展抱负，重拾信心。若一生不得志，亦无所怨悔，甘居陋室，愿受清贫，淡泊自处。

宝历二年（826年），刘禹锡被调回洛阳，任东都尚书。

数十年的谪贬，拂去满面尘霜，他再不是当时那位踌躇满志的少年。光阴消磨，他志气犹存，只是对以后的仕途已无太多的期许。

晚年的刘禹锡历任苏州、汝州、同州刺史，后任检校礼部尚书。人生迟暮，这些功名似乎来得有些迟，他已无当年的豪情气势。纵有心风云再起，亦是疲倦无力了。

他回到洛阳，官居闲职，和白居易等人每日闲游山水，煮酒赋诗。他们同为一个时代的人物，才力相当，际遇相似，有缘团聚一处，也是彼此的运气。

酬乐天扬州初逢席上见赠

巴山楚水凄凉地，二十三年弃置身。

怀旧空吟闻笛赋，到乡翻似烂柯人。

沉舟侧畔千帆过，病树前头万木春。

今日听君歌一曲，暂凭杯酒长精神。

回首当年弃置之身，归来物是人非，空将光阴蹉跎。如今行至黄昏，方惊觉人世风景怎么也看不尽。往日那些得到又失去的名利，那些拥有过又消散的荣耀，已经微不足道。

"人生几回伤往事，山形依旧枕寒流。"其实，人生走到最后，会忘记曾经受过的种种苦难，只记得这世间的万般美好。刘禹锡病逝于洛阳，享年七十一岁，被追赠为户部尚书。

正是生何欢，死何悲。至少，他有幸生在大唐，得诗豪之名。至少，他曾步入仕途，虽无多少丰功伟绩。

至少，红尘有一间属于他的陋室。那里，可调素琴，阅金经，无案牍之劳形。

柳宗元

一代文豪，披蓑戴笠，独钓一江寒雪

一 千山鸟飞绝，万径人踪灭

世间有一种孤独，让人依恋，甘愿为之沉落，不能自拔。红尘扰攘，太多的世故圆滑、无常悲喜令人烦闷愁虑，难以释怀。

如此，需要一个洁净的角落、一方简洁的天地，安放疲倦的心灵，栖息柔软的情感。或是山水之间，或是幽林深处，又或是云崖之畔。

人们虽甘守寂寞，却又一直在等候，希望有那么一个人，能与自己心性相投，灵魂相融。其实，若有一人，与你缘系三生，同生共死，那么即便身前富贵、身后虚名尽数化作烟云，又有何不舍，有何可惜？

一个人的寂寞，不是寂寞。千万人中的寂寞，才是真的寂寞。

想当年姜太公隐居，垂钓于渭滨，邂逅了周文王，后助其灭商纣，建立周朝，成就万世基业。他寻求灵魂的清静，执守孤独，亦是为了等候贵人。他钓的是渭水，也是知己，更是江山。

"云山苍苍，江水泱泱。先生之风，山高水长。"这是范仲淹对东汉著名隐士严光的赞语。严光归隐富春山，过着耕种垂钓的闲逸生活。他甘愿做个寻常的江畔渔夫，垂钓苍茫烟水，他钓的是闲情，更是功名。

到了唐朝，有个叫柳宗元的人，披蓑戴笠，垂钓寒江之雪。他钓的是茫茫江天，是超然物外的孤独，是那求了一生、终不遂愿的虚名浮利，更是淡泊空远的禅境。

于是，有了那篇被人品味千年、流传至今的《江雪》。

江雪

千山鸟飞绝，万径人踪灭。

孤舟蓑笠翁，独钓寒江雪。

短短四句，言简意深，孤寂茫然，似有寒意透纸而出。眼前所见的，是漠漠飞雪，天地一白，万物不生，飞鸟绝，行人杳。

纯净的江边，除了雪花飘落，轻抚蓑笠，再无任何声息。那位孤傲的钓客，静静坐在小舟上，不言不语，却令世人钦慕了千年。

这首《江雪》是柳宗元参与"永贞革新"失败，被贬永州司马时所写。那时的他，暂居永兴寺，官场失意，心情沉郁。但他心系山水，自有一种恬淡超脱的境界。

宋代范晞文在《对床夜语》中曾说："唐人五言四句，除柳子厚'钓雪'一首之外，极少佳者。"

江雪漫天，一叶孤舟，一位钓翁，世间种种在此无所遁形。过往的功名，乃至数年积攒的才气，恰如一场幻梦。

他本少年得志，进士及第，一心为官，力图革新，但宦海起落，风云难测，除非彻底做个没有志向的闲人，方可免去仕途波涛。

清代徐增的《而庵说唐诗》云："余谓此诗乃子厚在贬时所作以自寓也。当此途穷日短，可以归矣，而犹依泊于此，岂为一官所系耶？一官无味如钓寒江之鱼，终亦无所得而已，余岂效此翁者哉！"

此时的他，或是日暮穷途，水尽山空。然而，纵使做了江畔渔翁，他亦不会蹉跎时日，耗损年华。

若非错过了盛唐的璀璨时光，或许以他的才识，会有一番作为。人世糊涂，偏就是有擦肩而过、不合时宜。

二 若为化作身千亿

柳宗元即是这样一位卓绝不屈之人，他内心洁净的山水、与世不同的孤独，深藏文中。

如今的大唐不复从前的繁盛，没落的朝政、凋零的现世已无法容下他高洁的灵魂。他满腹才华，诗文见新见奇，被后人尊为"唐宋八大家"之一。

正如苏轼所说："所贵乎枯淡者，谓其外枯而中膏，似淡而实美，渊明、子厚之流是也。"

苏轼将他与陶渊明并列，可见他的笔下，自有明月清风，淡然闲适。亦有大自然纯净且孤独的物象，让他从失意和困顿中走出，心灵慢慢地归于恬淡宁静。

柳宗元出身官宦家庭，祖上世代为官，条件优越，书香气浓。但那时已是中唐，曾经盛极一时的大唐，已非昨日河山。朝野上下，腐败盛行，动荡的人间，个人命运飘零似叶。

幼年的柳宗元，随母亲在庭院读书，端正听话，不知外界纷纭，亦不晓江山日暮。

直到九岁，遭逢战乱，他亲历藩镇割据的战火硝烟。后逃离长安，随父亲宦游天下，步入社会，观世态人情，亦结交了许多志气相投的朋友。

父亲刚正不阿的气度，母亲恬淡悠然的佛心，感染了其心性。苏轼赞其"儒释兼通，道学纯备"。

二十一岁，柳宗元在外游历多年后，返回长安。他参加了科考，进士及第，一时间声名鹊起，崭露头角。

像他这样一举中第之人，在当时凤毛麟角。多少有才学之士，数载寒窗，频频落榜，困顿潦倒。

这一年因父亲去世，柳宗元守丧在家。那时的他才名远播，故闲居的岁月，也是安逸从容。三年后，朝廷安排其到秘书省任校书郎——一个渺不足道的小官。

当时的科举制度尚不完善，即便考中进士，亦不可直接为官，必须参加博学宏词科考试，或者有权贵推荐，才可正式参与朝政。

柳宗元参加了考试并中榜，开始了他的官宦生涯。他初露锋芒，人生亦算有一个好的开端。

但官场纷乱，多是争名逐利、尔虞我诈。他尽其所能地打理政务，结交名流，虽有过人的见解、独到的思想，但困于时弊，无从施展。

直到唐德宗驾崩，太子李诵继位，即顺宗，改元永贞。

因顺宗赏识王叔文，对其重用，而柳宗元与王叔文政见相同，于他算是千载难逢的机遇。这时的柳宗元，风华正茂，胸含匡世之志，官居礼部员外郎之职。

他与王叔文等人聚集一起，驰骋朝政，推行新政，史称"永贞革新"。

他们欲废除宫市，罢黜诸坊宦官，整顿税收，并试图收回藩镇兵权。然而，这些利益相争之事，自古以来，皆是刀锋相见，惨不忍睹。

岂料，山河换主，顺宗被迫禅让帝位给太子李纯，史称"永贞内禅"。柳宗元的梦想，亦随着顺宗的禅位而灰飞烟灭，荡然无存。

唐宪宗继位，王叔文等人身死，这次持续了半年之久的革新，就此结束。他自是无法全身而退，几经周折，被贬为永州司马。

成王败寇乃人世常理，他亦不觉有何可悲。只是一路风尘，跋山涉水，负累了老母妻儿，心中有愧。

不承想，在永州这一住，便是十年。十年风雨，世事如梦，一代文豪，亦摆脱不了飘零的宿命。但每一场际遇，都是最好的安排。

三 岩上无心云相逐

抵达永州，他苦无住所，便携了家眷暂居于龙兴寺——一所简陋的破庙里。

不到半年，其母亲就因水土不服而患病去世。官场失意，生活落魄，再加上亲人的离去，柳宗元内心寒凉若冰雪。

幸而，永州的山水，洗净了他心中的尘埃，亦抚平了他的惆怅和苦闷。这里远离纷乱的朝政，没有杀伐争斗，出门可逢青山翠水，推窗即见云卷云舒。

这里有赏不尽的春风秋月，有一人独钓一江雪的渔翁。他超然世外，一壶浊酒，一片闲云，一肩细雨，融入自然，闲逸洒脱。

他从沉闷中走出来，寄情山水，游走笔墨。而后，便有了千古名篇《江雪》，亦有了《渔翁》。

渔翁

渔翁夜傍西岩宿，晓汲清湘燃楚竹。

烟销日出不见人，欸乃一声山水绿。

回看天际下中流，岩上无心云相逐。

渔翁露宿岩下，汲湘江水，取楚山竹，生火做饭，出船捕鱼。青青翠竹，澄澈湘水，以及那划着小船，瞬间便遁迹无踪的渔翁，让人感受到自然之美，造物神奇。

白云无心，不知人世忧虑，追逐嬉戏，自在往来。渔翁守着这一片纯净的山水，荣辱不惊，世事白云苍狗，瞬息万变，又与之何干？

他开始迷恋上这里的湖光山色、风土人情。若无此次谪贬，怕是这一生皆被名利困缚，无有空闲，赏不了山水，做不了钓翁，更写不了清新淡泊的诗文。

溪居

久为簪组累，幸此南夷谪。

闲依农圃邻，偶似山林客。

晓耕翻露草，夜傍响溪石。

来往不逢人，长歌楚天碧。

永州十年，是柳宗元文学成就的巅峰时期。他人生最好的年华，给了这里，一生最好的文辞，亦在此处写就。

博学多才的柳宗元不仅写诗，也写辞赋，其散文有更多的成就。柳宗元的散文同韩愈齐名，名垂后世。

十年岁月，不曾虚度，百代光阴，付诸文章。他研习政治、历史、古文、佛学，遍游永州山水，结交隐者高士。在这里，他写下著名的"永州八记"。

欧阳修对其有如此评价："天于生子厚，禀予独艰哉。超凌骤拔擢，过盛辄伤摧。苦其危虑心，常使鸣声哀。投以空旷地，纵横放天才。山穷与水险，下上极沿洄。故其于文章，出语多崔嵬。"

四 真源了无取，妄迹世所逐

他和韩愈发起的古文运动，提出了许多理论主张，影响深远。他提出"文道合一""以文明道"，认为写文章不能一味追求形式之美。

柳宗元与韩愈、刘禹锡交情甚深，相互之间推心置腹。几人皆是当世高才，亦是清品文客，有缘相逢一处，论文谈诗，无须樽酒芳杯，自能翩然欲醉。

他虽积极入世,以儒者之心两番参与革新,一为政事,一为文事,却也与佛家有着千丝万缕的关系。他儒释皆通,又独具造诣,各有千秋。

他曾说:"吾自幼好佛,求其道,积三十年。"在长安为政时,他亦和许多出入文坛官场的僧侣结交,过了一段亦儒亦佛的生活。

后贬永州,他更是居山寺,听晨钟暮鼓。晴时,去往江边,与渔夫垂钓山水;雨日,也坐蒲团读经,参悟佛理。

晨诣超师院读禅经

汲井漱寒齿,清心拂尘服。

闲持贝叶书,步出东斋读。

真源了无取,妄迹世所逐。

遗言冀可冥,缮性何由熟。

道人庭宇静,苔色连深竹。

日出雾露余,青松如膏沐。

澹然离言说,悟悦心自足。

原本他已经甘于淡泊,乐于寂寞,并打算在永州安身立命。岂料,被朝廷遗忘了十年之久的柳宗元,又接到命其回京的诏书。沉寂了多年的心情,并未因为一纸诏书而起波澜。他带着最后一点期许,回到久违的长安。

等候他的，不是君王的重用，而是武元衡等人的排挤。他被改贬为柳州刺史，尚未洗去一身尘埃，便要重拾行囊，再次远行。

柳宗元来到柳州，已无当年初遭贬到永州的落寞心情。他选择随遇而安，虽官职低微，但亦是尽其所能，做一些造福百姓之事。

他带着乡民开垦荒地，栽树种菜，让他们走出贫苦之境，远离饥饿。他又兴办学堂，整治街巷，修筑庙宇，使这片偏远贫瘠之地亦有美景良辰。

在柳州，柳宗元也闲游山水寺院，写诗寄怀。

登柳州城楼寄漳汀封连四州刺史

城上高楼接大荒，海天愁思正茫茫。

惊风乱飐芙蓉水，密雨斜侵薜荔墙。

岭树重遮千里目，江流曲似九回肠。

共来百越文身地，犹自音书滞一乡。

种柳戏题

柳州柳刺史，种柳柳江边。谈笑为故事，推移成昔年。

垂阴当覆地，耸干会参天。好作思人树，惭无惠化传。

人生是一次奇妙的旅程，你以华丽开场，未必能以热闹落幕。你所思所想，亦不能尽如心意。

　　未等到朝廷的诏书，未踏上回京城之路，他便病死于柳州。有人说他谪贬一生，壮志未酬。有人说他政治失意，却在禅佛之境得到解脱。

　　生时绚烂，死时静美。

　　他一世高才，不能纵横官场，施展抱负，遗憾难免。但他的"归去"，又何尝不是一种放逐？他不是死了，而是悄悄去了江边，做了一名平凡的渔翁。

　　你看，年年深冬，湘江之畔，皆能看到一位老翁，披蓑戴笠，独钓一江寒雪。

卷四

白头宫女在，
闲坐说玄宗

薛涛

一 枝迎南北鸟，叶送往来风

大唐长安城，碧天如水，满目繁华。

连绵不尽的豪门宅第，逶迤不断的画栋飞檐。熙攘的市集，往来无忧的车马。喧闹的街巷，恣意飞扬的少年。酒肆茶坊，疏帘高卷，冠盖云集，诗客如雨。

她乃长安人氏，父亲在朝做官。父亲学识渊博，人品不凡，为官高洁清廉，谦让不争。她是父亲唯一的女儿，被视若掌上明珠，得万千宠爱。

那时的大唐，虽经安史之乱，但盛景不减，气韵犹存。父亲拒绝外界所有的纷扰，掩门教她读书。

后来，她琴棋书画样样精通。当然，她最挥洒自如的，则是唐朝的诗。

大唐才子车载斗量，才女亦是不足为奇。只是仍有许多人，躲于光阴深处，被风尘遮掩，不为人知。

她有幸留名于大唐，其才情风姿被世人津津乐道。她自制的精美的深红色彩笺，后世亦范水模山，爱慕其华。

八岁那年，她与父亲在庭院梧桐树下乘凉。父亲品茗读书，不问红尘；她执扇扑蝶，天真烂漫。

父亲偶起灵思，吟道："庭除一古桐，耸干入云中。"她不假思索，应声道："枝迎南北鸟，叶送往来风。"

清风拂过，阳光洒落一地枝影，令人隐隐不安。父亲是既喜又忧，喜其天资灵秀，忧其诗境有不祥之预兆。

她不知，此诗成谶，后来的她，真的沦为迎来送往的风尘女子。

父亲为人过于直率，刚正不阿，为此得罪了权贵，被贬去蜀地。他携带家眷离开长安，跋山涉水，风尘仆仆地抵达蜀中。这里虽不及长安兴盛，却也锦绣如织，人物风流。

不几年，父亲出使南诏，染了疾病，不治而亡。

那时的她，已出落成一亭亭少女，芙蓉之姿，幽兰之态，明眸善睐，春水玉颜。她的姿色，为人倾倒，她的才情，更令人爱慕。

她便是薛涛，才比文君的薛涛。父亲辞世后，薄弱的家资经不起岁月的消耗。她居住在浣花溪畔，与母亲相依，等待命运温柔的眷顾。

姿容清丽，柔情绰态，是福，亦是祸。幸而她通音律，善辩慧，工诗赋。

否则，她亦只能随母亲，为人织布刺绣，勉强度日。或嫁与一位庸常的凡人，相夫教子，平淡一生。

二　扫眉才子知多少

她不甘落此境地，只能以另一种方式生存。

十六岁那年，她加入乐籍。此等职业，虽不光鲜，在民风开放的大唐，亦不算狼狈。更何况，她有老母要赡养，她需要挣取银钱，度过漫漫流年。

那年，蜀中的海棠开得极艳，陌上游人如织。她乘香车，穿行在繁闹街市，烟柳拂过纱帘，增添薄薄的愁绪。她淡妆浓抹，云鬟峨峨，华容逸态，当是举世无双。

因其出身不俗，又乃官宦之后，且才名远播，她被剑南节度使韦皋召令侍酒赋诗。

在席上，她妙语连珠，从容自若，几多风流媚态，令人忘餐。而韦皋也是气宇轩昂，风采卓越。他身经百战，智勇双全，却被她的一颦一笑所折服。

酒过三巡，他命其即席赋诗，她低眉沉思片刻，提笔写下《谒巫山庙》。

谒巫山庙

乱猿啼处访高唐，一路烟霞草木香。

山色未能忘宋玉，水声尤是哭襄王。

朝朝夜夜阳台下，为雨为云楚国亡。

惆怅庙前多少柳，春来空斗画眉长。

他读罢称赞不已，在场宾客亦无不拍案叫绝。

那日，她与他目光对视，他眼里都是欣赏与懂得，还有一抹怜惜。而她，面带羞涩，烟视媚行。

这首诗令她在蜀中声名鹊起。此后，府中每有盛宴，韦皋必定召其前去侍宴赋诗。她成了韦府的常客，亦成了韦皋身边不可缺少的红人。

于一名乐妓而言，拥有此等荣宠，令人称羡。但陪酒侍宴，来迎去送，非她心中所愿。

韦皋任节度使时，政务繁忙，时常秉烛伏案，批阅诸多公文。蜀中的烟雨，遮不住薛涛的旷世才情，后来她参与了案牍的工作。

薛涛的字，无女子之气，其行书之妙，颇得王羲之精髓。薛涛的才，令多少才子诗客为之折腰。

怎知，韦皋一时兴起，上奏朝廷为薛涛申请校书郎一职。校书郎只有进士出身之人方有资格担任，她一蜀中乐妓，怎可红裙入衙，有失体统。

世间浮名如烟，她本不在意，更不想计较。后来，她终究还是担任起校书郎的工作，而"女校书"之名，亦远近闻名。

她平时所接触的都是达官显贵，经常与才子名士吟诗论句，把盏言欢。

她成了蜀中风流人物，才子王建赠诗一首："万里桥边女校书，枇杷花里闭门居。扫眉才子知多少，管领春风总不如。"

多少人慕名而来，想一睹其芳容。她亦是性情狂逸、随性不拘之人。

三 闻道边城苦，而今到始知

她的任性妄为，惹得韦皋不悦，一怒之下，将其贬去偏远的松州。松州为西南边陲，人烟稀少，况时局不稳，兵荒马乱，她一弱女子，何以应对险境?

她深知，红尘没有岁月静好，前途漫漫，她必须坚强地走下去。生或死，苦与悲，一切与人无尤。她不知道他对她有没有爱情，然这份知遇之恩，终究是要铭记于心。

一路风尘，战火纷飞，她孤独地去往荒寒之地。有诗为证："闻道边城苦，而今到始知。却将门下曲，唱与陇头儿。"她对过往种种，心生悔意。

无可逆转，唯有妥协。她含泪给韦皋写下"十离诗"，哭诉其凄惨际遇，悲切感人。

　　她不惜将自己比作犬、笔、马等物象，而韦皋则是她需要依靠的主人。如此才情，怎能不让人为之动容？更何况韦皋对其一直心存爱怜，亦非真的要惩罚她。

　　归来后，她变得内敛沉静，不再轻率张扬。不久，韦皋去世，薛涛亦趁此机会脱了乐籍，隐在浣花溪畔。每日掩门，栽竹问松，吟风赏月，倒也清净自在。

　　但她的诗名盛行于蜀中，有增无减。蜀中先后更换十余任节度使，每一任节度使皆对其推崇有加。"凡历事十一镇，皆以诗受知。"

　　经历过那次劫难，薛涛对这些高官心存畏惧，故而始终敬而远之，保持着她的超然恬淡。

　　人生无可奈何之事，莫过于绝色佳人看着自己年华老去。人世喧烦，有一栖身之所，可吟诗，可养心，也是一种幸运。

　　她闲来无事，用浣花溪畔的木芙蓉皮为原料，加入芙蓉花汁，制成精美的深红色小彩笺，人称"薛涛笺"。她在红笺上写诗题句，自有一番别致风雅。

　　原以为，就这样无所事事度此一生，无霜无尘，无波无澜。

　　直到那一年，她应该始终记得，是唐宪宗元和四年（809年）春。监察御史元稹出使蜀地，调查已故节度使严砺的违制擅权事件。他久慕薛涛才名，而她亦知元稹诗名，心生好奇，故前去与他相会。

四 不结同心人，空结同心草

蜀中的春天，烟轻雾绕，回廊亭阁，也是姹紫嫣红。

那一年，她已经四十余岁，但风韵仍在，不减当年。

那一年，他三十一岁，衣袂潇洒，眉目清澈，儒雅温柔，风度翩翩。彼此相见，似曾相识，有种远别重逢之感。

在此之前，她没有过真正的爱情；在此之后，她为之低落尘埃，不管不顾。牡丹亭下，吟诗对句，红罗帐里，鸳鸯同欢。

池上双鸟

双栖绿池上，朝暮共飞还。

更忆将雏日，同心莲叶间。

说好了双宿双栖，朝暮共飞。说好了永结同心，此生不渝。她虽沦落风尘，却冰清玉洁，她愿为之交付一切，换来长相厮守。

那是一段美好的时光，虽短如春梦，却足够她用一生来回忆。他们携手同游蜀地山川，许下海誓山盟。他为她画眉绾鬓，她为之红袖添香。

这痴情的女子，怎知他风流成性？在她之前，他不仅有伉俪情深的妻子，更有比翼连枝的红颜。更何况他平生之志，是功名利禄，位极人臣，又怎会为一乐妓，而误了前程，碌碌终身？

三个月后，他便转身离去，并许诺此生不负。为了一句浅薄如风的诺言，她回到浣花溪畔，日夜等候。她是期待重逢的，尽管相思熬煎，她亦无怨悔。

她怎知，这一等，便是一生一世！

春去春回，花开花谢，她对镜伤怀，独自泪垂。

那一日，她铺好自制的小笺，研墨提笔，将满腹相思、哀怨情肠，寄付于诗。

春望词四首

其一

花开不同赏，花落不同悲。

欲问相思处，花开花落时。

其二

揽草结同心，将以遗知音。

春愁正断绝，春鸟复哀吟。

其三

风花日将老，佳期犹渺渺。

不结同心人，空结同心草。

其四

那堪花满枝，翻作两相思。

玉筋垂朝镜，春风知不知。

鸿雁有情，锦书难托。她在锦江楼上，遥遥相望，日长如年。她深知，那个既深情更薄情的人，永远不会再来。

他在尘世的某一处，与另一女子甜言蜜语，情意绵绵，又怎会记得，这位年老色衰的蜀中乐妓？

五 伯牙弦绝已无声

岁月匆匆，年复一年，她已铅华洗尽，再没有多少好时光可以用来等待。

他负心薄幸，她并未怪怨，也不后悔。他此一生，为功名汲汲营营，宦海浮沉，几番谪贬，又怎会顾及她的来去？

有些人、有些事，经历过便好。所谓地久天长，只是温柔甜美的谎言。世间的爱情，无非就是相知，相负。她受得起短暂的厮守，也经得起永远的擦肩。

人生垂暮，风鬟霜鬓，再不喜繁华喧嚣，亦厌倦酒朋诗客。

尽管，她的诗名依旧，尽管，对其爱慕之人始终络绎不绝，但她彻底谢绝官场种种应酬，离开浣花溪，移居一幽僻处，懒管红尘。

她筑了一座吟诗楼，空阔明澈，河山巍巍尽在眼前。她脱下红装，换上女道士冠服，淡漠悲喜。也读经卷，也写诗文，只是她内心平静，再无相思。

尘缘如梦，回首这一生，她似乎都在为别人而活，只有最后的一点光阴，属于自己。虽然，她也被人怜惜，被人爱慕，又被人放逐，被人离弃。

但这些事，一去经年，她早已释怀，忽略不计。余下的岁月，她无忧无惧，可生可死。虽是一代才女，结局也与凡人相同。

那年夏日，蜀地荷花开得正盛，婀娜娉婷，风姿绰约，一如当年的她。也曾写采莲诗，旧景依稀，宛若昨天。

采莲舟

风前一叶压荷蕖，解报新秋又得鱼。

兔走乌驰人语静，满溪红袂棹歌初。

还记得，初入乐籍，肩若削成，腰如约束，也琴也诗。还记得，与他初相识，诗文为聘，明月做媒。她虽一生未嫁，在她心里，却终身有主。

此刻，她已缠绵病榻多日，气若游丝，药已凉，灯将灭。月光洒在床前，她静静地闭上了双眼。

次年，曾任宰相的段文昌亲手为她题写了墓志铭，墓碑上写着"西川女校书薛涛洪度之墓"。

她制的薛涛笺，后世广为流传，用以写情诗、情书，别致新颖。她的案几上，一叠深红的小笺，却再无人将之填满。

她叫薛涛，蜀中才女。她之才情，曾风靡蜀地，倾倒大唐。

白居易

诗文风流，蓄妓玩乐，怎知一梦误一生

一 来如春梦几多时？去似朝云无觅处

唐朝诗人中，我所喜欢的，白居易算一个。

他说："一梦误一生！"

白居易的一生，恰如一场浩荡无声的梦，些许华丽，几多妙意，似在梦里流转。醒来，人世的富贵权势、万千尊荣，乃至那么多说盟说誓的红颜知己，都再与他无关。

他曾有诗："花非花，雾非雾。夜半来，天明去。来如春梦几多时？去似朝云无觅处。"似花非花，似雾非雾，如春梦，若朝云，朦胧微妙，有一种心意难说。

有人说，白居易为其所爱的女子湘灵写了一辈子的诗。那种爱恋，一如三春花事，不能收管，似滔滔江流，无止无息。

白居易生于官宦世家，自幼聪颖过人，才思敏捷。十六岁时，他写诗："离离原上草，一岁一枯荣。野火烧不尽，春风吹又生。"一时间他名扬四海，也算是少年得志，不负寒窗之苦。

白居易所爱慕的女子，为其所居住的符离县的一位农家姑娘。虽为农女，却"娉娉十五胜天仙，白日嫦娥旱地莲"。

他们彼此情愫暗生，心意相通，奈何白居易母亲有门户偏见，多生阻拦。白居易为了前程，背着诗囊离去。湘灵为了一个美丽的诺言，痴痴等候半生。

"愿作远方兽，步步比肩行。愿作深山木，枝枝连理生。"据说，湘灵一生未嫁，孤苦飘零。

多年以后，他们在江州途中相遇。因故乡战乱，湘灵与其父漂泊江湖，卖唱为生。久别重逢，彼此已是两鬓染霜，容颜憔悴，仿若梦中。他为自己的怯懦而叹悔，只是沧海桑田，转身仍旧天涯。

自古女子情多，而男儿的志向，则不仅限于情爱，更有那一片锦绣山河。

白居易年少时心怀大志，锋芒熠熠。以他超绝的才学、不凡的气度，在京城里乃至朝堂上，起风云，掀涛浪，亦并非不能。

二 同是天涯沦落人，相逢何必曾相识

贞元十六年（800年），白居易中进士，授秘书省校书郎。之后历任进士考官、集贤校理、翰林学士、左拾遗，官场亦算

称心。

那一年，他娶杨虞卿的堂妹为妻，虽无多少情爱，身边到底需要一个嘘寒问暖之人。但风流倜傥的白居易所要的，是一位与他相知相悦的女子，他断不肯轻易委曲求全。

或许，她不能为其红袖添香，但她有着旧式女子的温婉恬静，彼此亦算是相敬如宾。

白居易并非那种用情专一之人，他文采出众，丰神俊朗，倾慕他的女子俯拾即是。后来的白居易，为涤荡人世喧烦，以妓乐诗酒放纵自娱。

蓄妓玩乐，始自东晋，到唐时更是风靡。出现在白居易诗文里的有姓名的歌妓，便有十余位。

最得他宠爱的歌妓，则是樊素和小蛮。唐代孟棨《本事诗·事感》记载："白尚书姬人樊素善歌，妓人小蛮善舞，尝为诗曰：'樱桃樊素口，杨柳小蛮腰。'"

白居易还自酿美酒，时常邀约诗友一起品尝玉液琼浆。醉后携妓同游，繁弦急管，可谓风流至极。素日亦流连秦楼楚馆，吃酒戏乐，写一些应景之作，不负华年。

那时的白居易官场得意，朝堂之上也是铮铮铁骨。在《与元九书》中，他说："故仆志在兼济，行在独善，奉而始终之则为道，言而发明之则为诗。谓之'讽喻诗'，兼济之志也；谓之'闲适诗'，独善之义也。"

白居易的才情深得帝王赏识，为感其知遇之恩，他频繁上书言事。官场风云变幻，难以预测，宰相武元衡遇刺身亡，白居易上表主张严缉凶手，被指责是越职言事。其后又遭诽谤，遂被贬为江州司马。

仕途之上，本就千沟万壑，前景未卜。白居易顺达多年，离长安，赴江州，心中难免落寞低沉。

他道："面上灭除忧喜色，胸中消尽是非心。"任江州司马时，他写下了著名的长篇叙事诗《琵琶行》。

琵琶行　（节选）

浮阳江头夜送客，枫叶荻花秋瑟瑟。

主人下马客在船，举酒欲饮无管弦。

醉不成欢惨将别，别时茫茫江浸月。

忽闻水上琵琶声，主人忘归客不发。

寻声暗问弹者谁？琵琶声停欲语迟。

移船相近邀相见，添酒回灯重开宴。

千呼万唤始出来，犹抱琵琶半遮面。

转轴拨弦三两声，未成曲调先有情。

弦弦掩抑声声思，似诉平生不得志。

低眉信手续续弹，说尽心中无限事。

"同是天涯沦落人，相逢何必曾相识。"回首长安城的繁华往事，他春风得意，而今被贬至浔阳江畔，缠绵病榻，不胜凄凉。

　　谪贬江州，似乎改变了白居易的一生。他曾胸怀兼济天下之心，慢慢地，他心意阑珊，转而独善其身。他的诗文亦无当年的开阔气势，闲适淡泊中添了一抹淡淡哀愁。

三　江南好，风景旧曾谙

　　他甚至自称是唐时的陶渊明，淡了名利之心，对权势无多欲求。

　　之后的几年，白居易任职苏杭之地，江南秀丽的山水令他心思简净，诗文亦清澈明朗。他任职杭州刺史期间，有修筑西湖堤防、疏浚六井等政绩。

　　但白居易内心深处，始终与朝政保持着一段距离。相比起来，他更喜爱温柔的山水，以及与刘禹锡相伴戏游扬州、楚州的那段闲逸快活时光。

　　且他身边，一直有美人做伴，诗酒相陪。这一切，足以抵却人世万千寂寥，弥补过往所有的缺失与苦楚。

　　直到后来，白居易辗转归去长安，他梦里魂牵梦萦的，始终是江南的山水、江南的人物。有诗：

忆江南三首

其一

江南好，风景旧曾谙。日出江花红胜火，
春来江水绿如蓝。能不忆江南？

其二

江南忆，最忆是杭州。山寺月中寻桂子，
郡亭枕上看潮头。何日更重游？

其三

江南忆，其次忆吴宫。吴酒一杯春竹叶，
吴娃双舞醉芙蓉。早晚复相逢？

人生多是由繁华转至淡薄，白居易的人生亦不例外。以他的才思与悟性，比之寻常人，更容易放下，也更从容，更超脱。

"亭上独吟罢，眼前无事时。数峰太白雪，一卷陶潜诗。"他厌倦了官场，也不屑与谁相争，若说还有什么放不下，便是那些与他风雪相随、患难与共的歌妓。

四 天长地久有时尽，此恨绵绵无绝期

曾经，有一个叫关盼盼的女子，本是徐州太守张愔的歌妓。她容颜姣好，能歌善舞，才气过人，会唱白居易的《长恨歌》，能跳《霓裳羽衣舞》。

白居易做客张府时，曾与关盼盼有一宴之交，盛赞："醉娇胜不得，风袅牡丹花。"

后张愔死，关盼盼感念旧主之恩，于燕子楼独居近十年之久，被冷灯残，深情相守。白居易听闻，写诗相赠，后人说其诗逼死了关盼盼。

关盼盼得诗，泣曰："妾非不能死，恐我公有从死之妾，玷清范耳。"于是她写了一首诗相答后，就绝食十天而死。

或许，这是一场美丽的误会，又或许，这只是一段莫名的巧合。但是，关盼盼确因读白居易诗文而死。

她一弱女子，身若浮萍，孤独无依，燕子楼是她唯一的归宿。十余载光阴，她素衣翩然，不唱《长恨歌》，不舞《霓裳曲》，瑶琴弦断，罗衫生尘。

"在天愿作比翼鸟，在地愿为连理枝。天长地久有时尽，此恨绵绵无绝期。"纵是尊贵如帝王，亦有他不能摆脱的遗恨。

当年逃亡路上，六军停滞不前，要求赐死杨玉环。唐玄宗欲救不能，掩面哭泣，悲伤不已。那年马嵬坡一别，音容渺茫，长生殿中，回荡着当年彼此许下的海誓山盟。

白居易那时一首《长恨歌》名动京师，他意气风发，策马于长安街市，不曾想过要收敛。那是个诗人无数、诗文漫天的年代，他们的好，如同长安的花，灿烂得不遭人妒忌。

每个时代，都有一些引为得意之事。汉时有赋，唐时有诗，宋朝有词，元代有曲。白居易因为他的诗而真实地存在于盛唐。

纵使世事更迭，物换星移，他也一直在。

几番变迁，也经世故，也历苦楚，晚年的白居易，不再有当年的奔放与豪气。

天下事有起有落，更何况他已历几代帝王，有荣有辱，再不必执着于些许虚名。他的晚年在洛阳度过，笃信佛教，自号"香山居士"。

闲时与文友诗酒唱和，淡如清风。"茅屋四五间，一马二仆夫。俸钱万六千，月给亦有余。既无衣食牵，亦少人事拘。……窗前有竹玩，门处有酒酤。何以待君子，数竿对一壶。"

五 明日放归归去后，世间应不要春风

六旬过后，白居易体弱多病，患了风疾，半身麻痹。他身心疲累，再无意摆设奢华的宴席，亦无心情爱之事。

尘世种种，恰若烟云，他不想累己，亦不愿误人。当年潇洒风流的白居易，已是满鬓霜华的老者。

他卖良驹，遣故人，与之相忘相绝，不复相见。岂知与之相伴多年的好马反顾而鸣，迟迟不忍离去，令人悲伤。

樊素泪落不止，道："主人乘此骆五年，衔撅之下，不惊不逸。素事主十年，巾栉之间，无违无失。今素貌虽陋，未至衰摧。骆力犹壮，又无尩瘵。即骆之力，尚可以代主一步；素之歌，亦可送主一杯。一旦双去，有去无回。故素将去，其辞也

苦；骆将去，其鸣也哀。此人之情也，马之情也，岂主君独无情哉？"

想当年张愔亡，关盼盼独居燕子楼，耗尽华年。他不愿樊素和小蛮步关盼盼后尘，落得佳人失色，香消玉殒。

最终，他还是遣散了所有的家妓，命其各自寻找归宿，此生有依，落花有主。

良驹有了新主，樊素和小蛮也走了，偌大的庭院，只剩他榻上独饮，空对窗前数竿竹。回首一生，有万千荣耀于身，也有困顿失意，有喜乐，也有悔恨。但一切皆可相忘，不留恋。

风闲日静，他时常会想起有樊素和小蛮与之相伴的美好时光。她们也歌也舞，如今已不知去往何处人家，做了谁人之妇。有诗：

别柳枝

两枝杨柳小楼中，袅娜多年伴醉翁。

明日放归归去后，世间应不要春风。

五年三月今朝尽，客散筵空掩独扉。

病与乐天相共住，春同樊素一时归。

白居易去世后，葬于洛阳香山，一世功名，也只是付与尘埃。

唐宣宗李忱写诗悼念他："缀玉联珠六十年，谁教冥路作诗仙？浮云不系名居易，造化无为字乐天。童子解吟《长恨》曲，胡儿能唱《琵琶》篇。文章已满行人耳，一度思卿一怆然。"

据说，他曾有做帝王师的宏伟志愿，后来贬去江州，这一志愿被岁月冲散了。

他叫白居易，字乐天，号"香山居士"，又号"醉吟先生"。他有"诗王"之称，写过《长恨歌》《琵琶行》《卖炭翁》。他生于大唐，死于大唐。

他此一生，形同一场梦幻。他说："一梦误一生！"

元稹

风流成性，自命不凡，多情更无情

一 半缘修道半缘君

暑日里荷花胜极，一眼望去，池中绿阔千红。荷花或亭亭玉立，或语笑嫣然，各有风姿。绰约柔美，款款之态，像宋朝的词；瑰丽艳逸，眷眷情深，像大唐的诗。

唐人爱牡丹，也爱莲。只有牡丹才配得起大唐的高雅华贵，亦只有莲的清洁，配得起文人雅士的风采卓然。

唐人爱诗酒，爱功名，也爱美人。世间最难消受的，乃红粉之恩；最难偿还的，是知遇之恩。

我早年读元稹的诗："曾经沧海难为水，除却巫山不是云。取次花丛懒回顾，半缘修道半缘君。"只觉他是那痴心的男子，对妻子情深义重，矢志不渝。

怎么不是呢？除却沧海的水、巫山的云，别处的风景再不值得一顾。万花丛中过,他亦是波澜不惊,懒于顾盼回眸。此番情深,半是因了修道之心,清净无为,半是因为,曾经拥有过最美的她。

此诗乃元稹悼念亡妻韦丛而作,他与韦丛情投意合,恩山义海。

元稹乃大唐才子,风流倜傥,诗文卓越。韦丛是太子少保韦夏卿之幼女,花容月貌,知书达礼。她在二十岁之时嫁与元稹,彼时元稹功名低微,颇为困顿。

婚后韦丛与元稹甘苦与共,为他煮饭烧茶,灯下织补,甚至金钗沽酒,无怨无悔。他们夫妇恩爱,如胶似漆,琴瑟调和。

韦丛却在其二十七岁时不幸病逝,元稹悲痛欲绝。为其写下《谴悲怀三首》《离思五首》,此诗便是其中之一。

元稹写过许多首情诗,皆是柔情缱绻,撩人心弦。然而一往情深的人是他,负心薄幸的人也是他。

他这一生,爱过许多女子,许过无数诺言,最后一一背弃誓约,辜负佳人。他多情更薄情,他负人也累己。

有人说,他与白居易一生际遇相似。同是出身没落家族,少时便才名远播。同在长安科考,同年登科及第,又一起任职于翰林院。他们一样宦海浮沉,谪贬天涯,郁郁不得志。年轻时,一个负了莺莺,一个负了湘灵。

一个写了《行宫》,一个写了《长恨歌》。他们此一生诗酒唱和,数十载书信不断,同倡导新乐府运动,世称"元白"。元稹与白居易的情谊，胜过了他与曾海誓山盟过的女子的情谊。

白居易曾这样描述过他们的友情："一为同心友，三及芳岁阑。花下鞍马游，雪中杯酒欢。"至少，那些女子都成了他生命中的过客，而白居易却是他的终生诗友，不离不舍。

《唐才子传》中写："微之与白乐天最密，虽骨肉未至，爱慕之情，可欺金石，千里神交，若合符契，唱和之多，无逾二公者。"

二 风流才子多春思

元稹，字微之，是北魏拓跋氏帝室的后裔。他生于东都洛阳城南，祖上世代为官。元稹八岁那年，父亲元宽去世，他与母亲相依为命。

元稹自幼聪颖，仪表不凡。或许是幼年丧父，家族凋零，加之母亲也出身书香名门，对其教育甚为严厉。故而他刻苦求学，悉心读书，不敢松懈。

十五岁那年，元稹为早日博取功名，参加朝廷举办的《礼记》《尚书》考试，以明两经擢第。少年得志，意气飞扬，他之才名，在京城已是广为人知。

及第后的元稹，许是太过年轻，一直无官无职，闲居京城。盛世长安，繁荣华丽，不乏风流诗客，多是雅士名流。他平日博览群书，增长见识，闲时则邀约文友，诗酒一番，也是快意潇洒。

直到二十一岁时，元稹寓居蒲州，初仕于河中府。恰逢驻军骚乱，蒲州风雨不宁。元稹借助友人之力，护佑置身危难之中的远亲。

亦是此番际遇，让他结识了莺莺，与她发生了一段刻骨铭心的爱恋。

那时的莺莺，二八年华，宛若芙蓉出水，明眸皓齿，仙姿娉婷，气若幽兰。情窦初开的她，怎禁得起元稹的诱惑？他仪表堂堂，气宇轩昂，会写诗，更会调情。

于是便有了后来的柔情缠绵。"戏调初微拒，柔情已暗通。低鬟蝉影动，回步玉尘蒙。……眉黛羞频聚，唇朱暖更融。气清兰蕊馥，肤润玉肌丰。"她是义无反顾，对之情真，毫无保留。他亦对之许下誓约，不负此心。

不过一年光景，元稹便为功名所牵，返回京城。留下多情的莺莺，独自憔悴，此后再无元稹音讯。

可叹情缘如水，好年华枉自蹉跎。"自从消瘦减容光，万转千回懒下床。不为傍人羞不起，为郎憔悴却羞郎。"

后来，元稹写下了《莺莺传》，追忆这段爱情。不可否认，莺莺是他此生念念不忘的女子，但比起他的功名，莺莺的存在，亦只是轻如浮云，渺若飞絮。

三　报答平生未展眉

　　元稹回到京城，参加贡举，与白居易同登书判拔萃科，并同入秘书省任校书郎。这时的他，虽官职低微，但因才华横溢、风度翩翩，深得太子少保韦夏卿赏识。

　　韦夏卿将至爱的幼女韦丛嫁与元稹，于元稹而言，此乃天赐良缘。娶了韦丛，意味着功名富贵已是触手可及。

　　他们夫妻恩爱，凤凰于飞，随韦夏卿赴洛阳居住。娇妻在侧，饱享荣华，称心如意的元稹，怎还会记得为其痴心守候的莺莺？

　　他对妻子深情，便要对莺莺薄幸。世间的情爱即是如此，你的开始，亦是别人的结束。

　　这段时日，元稹往返于洛阳和长安，也是乐此不疲。之后，元稹和白居易同登才识兼茂明于体用科，元白同及第。元稹被授左拾遗，真正开启他的仕途。

　　那时的他，风华正茂，春风得意。刚任职便迫不及待上疏献表，以示其才，愿得君王赏识，有一日千里之志。

　　正因为太过急功近利，锋芒毕露，反而适得其反。他触犯了权贵，被贬为河南县尉。

　　虽也知官场风云变幻，竟不想，这么快便风雨着身。恰遭母亲亡故，元稹居家丁忧。三年后，元稹被提拔为监察御史，他奉命出使剑南东川。

任职期间，元稹调查贪污官吏，并写成长篇弹劾状上奏朝廷，平反了许多冤案，深得民心。白居易曾赠诗："其心如肺石，动必达穷民，东川八十家，冤愤一言申。"

由于触动了朝中旧官僚阶层和藩镇集团的利益，他随之面对的是被排挤和打压，是被闲置和忽视。就在元稹仕途失意时，爱妻韦丛突然病故。

元稹伤心断肠，写下著名的《遣悲怀三首》，以悼亡妻。

遣悲怀三者

其一

谢公最小偏怜女，嫁与黔娄百事乖。

顾我无衣搜荩箧，泥他沽酒拔金钗。

野蔬充膳甘长藿，落叶添薪仰古槐。

今日俸钱过十万，与君营奠复营斋。

其二

昔日戏言身后意，今朝都到眼前来。

衣裳已施行看尽，针线犹存未忍开。

尚想旧情怜婢仆，也曾因梦送钱财。

诚知此恨人人有，贫贱夫妻百事哀。

其三

闲坐悲君亦自悲，百年都是几多时？

邓攸无子寻知命，潘岳悼亡犹费辞。

同穴窅冥何所望，他生缘会更难期。

惟将终夜长开眼，报答平生未展眉。

他的诗，句句情真，催人泪下。这样一位深情且才高的男子，算得上举世无双。

怎料得，痛失所爱的他，转身遇见了生命中另一位女子，并与之柔情蜜意，说盟说誓。

四 幻出文君与薛涛

这位女子，便是浣花溪畔的薛涛，大唐之旷世才女。薛涛乃蜀中乐妓、女校书，通音律，诗文极妙。

那一年，薛涛已年过四十，虽徐娘半老，但风韵不减。三十一岁的元稹慕其才华，亦爱她的风情万种。

薛涛到了这年岁，原本铅华洗尽，对情爱亦知收敛。但元稹的俊朗多情、甜言蜜语将其打动，彼此算是一见倾心。

他们在一起度过了浪漫美好的时光，虽短暂，却让她守望、回忆了一生。他写诗相赠，情真意切。

寄赠薛涛

锦江滑腻蛾眉秀，幻出文君与薛涛。

言语巧偷鹦鹉舌，文章分得凤凰毛。

纷纷辞客多停笔，个个公卿欲梦刀。

别后相思隔烟水，菖蒲花发五云高。

　　她以诗相和，愿与之厮守，双宿双栖："双栖绿池上，朝暮共飞还。更忆将雏日，同心莲叶间。"

　　她本谢绝红尘，躲在浣花溪畔，无意往来。为了他，她不顾世俗之见，不问来日方长，以身相许，此生不悔。

　　她用三个月的欢爱，换来了余生无尽的等候。他策马扬尘，决绝离去，留她孤身一人，于浣花溪畔望穿秋水。

　　元稹的爱情，可心如意，但他的仕途，却是坎坷不平。他被贬为江陵府士曹参军，自此开始了困顿十余年的贬谪生涯。

　　这期间，他也曾奉诏回京，和白居易诗酒做伴，醉饮长安。他们才气相当，志趣相投，又都遭贬，被放置外地为官。

　　"与君相遇知何处，两叶浮萍大海中。"他们都是大唐的风流才俊，可谓莫逆之交，情同手足。

　　后来，元稹被贬为通州司马，白居易则被降为江州司马。天涯沦落，仍相知相惜，书信频繁。元稹的宦途一直曲折迂回，时起时落，时悲时喜。

　　直到唐穆宗继位后，对他甚为器重，他被擢为中书舍人、翰林承旨学士。元稹的诗那时已是家喻户晓，"自衣冠士子，至闾阎下俚，悉传讽之"。

　　宰相令狐楚亦赞其诗文"以为今代之鲍、谢也"，唐穆宗更爱其才名，咏其诗句。

　　甚至在穆宗的支持下，元稹登上相位。可元稹性情锋锐，不肯碌碌无为，今朝得志，更是"得意忘形"。如此又遭人弹劾排挤，仅三个月，便被免职罢相，犹如南柯一梦。

五　不关心事不经心

　　他被调任浙东观察使兼越州刺史，自此风平浪静。他也有过远大的梦想，一心为国为民，愿留名青史。只是被岁月耽搁太久，无法施展。在浙东为官时，他兴修水利，发展农业，得百姓爱戴。

　　他的仕宦之路，波澜起伏；他的情感之路，则是五彩纷呈。在浙东，他遇见了与薛涛齐名的才女刘采春。

　　她乃一代名伶，有夜莺般婉转的歌喉，曾红遍江南。彼时吴越一带，只要听见刘采春之曲，"闺妇、行人莫不涟泣"，可见其音是何等扣人心弦。

　　多情的元稹，邂逅这样一位妙人，又怎会不为之心动、梦萦魂牵？像当年追求薛涛一般，他写诗相赠，深情款款，不尽风流。

赠刘采春

新妆巧样画双蛾，谩里常州透额罗。

正面偷匀光滑笏，缓行轻踏破纹波。

言辞雅措风流足，举止低回秀媚多。

更有恼人肠断处，选词能唱望夫歌。

如花美眷，似水流年，他们在一起亦有过一段温情时光。他是只顾朝夕，不问将来。她是痴痴眷眷，愿白首相依。她怎知，欢愉不过片刻，本是露水情缘，何来地老天荒？

他转身离去，连道别都是多余，因为他从未想过长相厮守。她江湖流转，或随哪个戏班，唱断天涯，或相思成疾，郁郁而终。总之不知去向，在人间销声匿迹。

他去了长安，入朝为尚书左丞，恢复从前的锐气。但其品行不正，好大喜功，很快遭人倾轧。元稹被迫出为检校户部尚书，兼鄂州刺史、御史大夫、武昌军节度使。

宦海的波涛，不是凡人所能经得起的。他一生几经贬谪，坚执不屈，辉煌短暂，落魄久长。此次之后，他再无机会重回长安争名逐利，亦无机会为自己辩解。

他某日暴病，死于镇署。后追赠尚书右仆射，白居易为其撰写了墓志。这世上他爱慕的女子无数，但知己只有一名。

他曾写诗《赠乐天》：

赠乐天

等闲相见销长日，也有闲时更学琴。

不是眼前无外物，不关心事不经心。

如若可以，他亦不要再为碌碌功名，负累自己一生。而是做个闲散之人，每日不务正业，与知己一起，也喝酒写诗，也弹琴娱乐，无欲无求，漫不经心。

元稹死后的许多年，他的诗仍为世人所传诵，尤其是那首《行宫》。

行宫

寥落古行宫，宫花寂寞红。

白头宫女在，闲坐说玄宗。

简短的几句，道尽宫女无穷的哀怨、王朝的盛衰。从前，闲坐说玄宗的宫女，已杳无踪影。

后来，是否亦有白头宫女，闲坐说元稹，读他艳丽缠绵的诗，论他的风流情史，说他和白居易的潇洒故事？

贾 岛

一 一日不作诗，心源如废井

说起贾岛，世人皆知他是一位苦吟诗人，一生作诗千百，字字辛苦，句句情真。

他的一生，与诗歌性命相知，如影随形，不可分离。除此之外，其余的故事皆如暮春花事那般草草，不被人记起。

贾岛一生穷愁困窘，苦吟作诗，所写的诗句也多是苍凉清寂之境。他与孟郊齐名，有"郊寒岛瘦"之称。

他的"瘦"，是一种清减，是凄苦，是不得解脱。他穷尽毕生之力，到最后，也只是做了诗奴。

贾岛那个时代，承继了初唐的华贵、盛世的瑰丽，才子如云，诗歌如雨。

李白有神仙一般的品性，一壶酒饮下，便诗文流淌，肆意挥酒，何须苦吟？杜甫心怀天下，忧国忧民，随意吟咏，便有诗圣之称。白居易倜傥风流，文辞华美，又有闲适悠然之情调。

贾岛则试图在春色满园的诗界里，找寻一丝清凉、一种幽僻。《二十四诗品》写："不著一字，尽得风流。"贾岛用苦吟推敲之法，以求达到他想要的境界。

写诗成了一种执念，亦是他生活的态度，几多消磨，几多辛酸，唯有自知。

戏赠友人

一日不作诗，心源如废井。

笔砚为辘轳，吟咏作縻绠。

朝来重汲引，依旧得清冷。

书赠同怀人，词中多苦辛。

"一日不作诗，心源如废井。"他不是李白，只要腰间系一壶酒，无论是行走荒野，还是立于朝堂，或漫游宫苑，皆可文思如涌。

他的才思，必须日日斟酌，夜夜吟咏，方不会枯竭。他的诗境，亦因此难以开阔，拘于某个清旷之地，唯求舒展超脱。

贾岛将自己托付给了诗文，行坐寝食，都不忘作诗。"二句三年得，一吟双泪流。知音如不赏，归卧故山秋。"

我似乎看到一个清瘦的诗僧，亦不知多少年岁，骑着一头毛驴，边走边吟。他没有痴情艳遇，亦无关风月，所有的心思皆在词句里。

诗袋满满，囊中羞涩，饿了倚着一株老树，吃点干粮，累了寻叶孤舟，暂将身栖。

别人写诗是为了寄情寻乐，陶冶心性，他写诗竟成了苦活，像陷入一张挣不脱的尘网。他是自我束缚，又自得其乐。

二 不如牛与羊，犹得日暮归

贾岛自幼家境清贫，居于某个偏远的山村。因生计无着，而出家为僧，以求三餐温饱。他法号无本，取无根无蒂、寂灭虚无之意。

原以为，这一生也就是青灯古佛，经卷做伴了。若非后来遇见韩愈，得其授教，只怕贾岛就是个苦吟一生的悲情和尚。

山寺清冷，僧房孤寂，加之寡淡无味的素斋，并非他所喜。唯一值得欣慰的，则是可以每日静心读书，有足够的时光用以作诗。

小小寺院，不过几个僧侣，他们每日坐禅诵经，栽几畦菜，过着自给自足的生活。

贾岛出家的本意并非坐禅，也不是逃避世俗，修身养性。他是身在释门，心中不忘尘世喧嚣，他有着凡人的愁绪、世俗的烦恼。他个性放纵不羁，散漫自由，不愿一生坐枯禅，困死在这荒僻的山寺。

他离开了栖身几年的寺庙，背上诗袋，决意云游四海，看世间繁华，寻几个志趣相投的知音。

也不知，他从何处借来一头老瘦的毛驴，芒鞋竹杖，风雨同行。漫漫尘路，不知会遭逢怎样的际遇，邂逅多少心性相通的诗友。

走出来，才知山河壮阔，市井喧闹，而像他这样苦吟的诗人，亦是不胜枚举。这是一个诗的国度，满目繁华，悠悠不尽。仿佛每个人心底，都藏着一首诗。这首诗，可以用来换酒，用来挣取功名，拉拢权贵，谄媚名流。

众星璀璨的诗坛，冠盖如云的京华，想要有一席之地，得些许诗名，终有诸多不易。若要功名寄身，封侯拜相，更是难如登天。

多少诗客，一生穷困潦倒，徘徊在长安街头，病倒于清冷的驿站，寂寂无闻。

贾岛虽一生穷苦，一世不济，但仍算是幸运的。他日夜苦吟，勤学努力，弥补了许多人生的缺失。最终他总算在大唐的诗坛，有了一处微小的栖息之所，留下许多佳作。他虽苦苦推敲，字字斟酌，读来倒也自然流畅，不落痕迹。

那一年，贾岛骑驴独行，去往洛阳，想要结识孟郊，因孟郊游赵北而擦肩错过。他寄宿于洛阳某座寺院，虽为僧人，却厌倦那许多的清规戒律。

洛阳当时有禁止和尚午后外出之令，贾岛甚觉束缚，无法忍受，于是写诗抱怨，吐心中不快。有诗句：

> 晴风吹柳絮，新火起厨烟。
> 长江风送客，孤馆雨留人。
> 古岸崩将尽，平沙长未休。
> 不如牛与羊，犹得日暮归。

禅的境界，是空灵飘逸，自在无为，而不是羁绊牵制。他依旧我行我素，苦吟寻句，骑着心爱的毛驴，辗转去了长安。

亦是在此，他结识了孟郊，拜见了韩愈，人生有了些许微妙的转变。

三 鸟宿池边树，僧敲月下门

那日，贾岛骑驴去往长安郊外，拜访一位叫李凝的诗友。山深林密，暮色沉沉，他几经周折，总算寻到其居所。

荒园清寂，柴门深掩，主人不知去了何处，唯倦鸟栖息池边树上。寻不见李凝，贾岛便留诗一首。

> **题李凝幽居**
> 闲居少邻并，草径入荒园。

鸟宿池边树，僧敲月下门。

过桥分野色，移石动云根。

暂去还来此，幽期不负言。

　　写罢，仍觉诸多字句需琢磨，于是他的痴病又犯了。次日，他骑着毛驴返回长安，于驴背上，不忘念叨着"推""敲"二字。

　　长安街上，他神思恍惚，毛驴冲撞了韩愈的车马。那时的韩愈在京为官，见他这等痴样，非但未怪罪于他，反与其一同斟酌诗句。

　　韩愈感怀其身世际遇，亦赏识其才学，几番相劝，贾岛还俗。

　　韩愈曾作诗《赠贾岛》："孟郊死葬北邙山，从此风云得暂闲。天恐文章浑断绝，更生贾岛著人间。"

　　半世为僧，半世苦吟，他亦想在京城有属于自己的功名。那段时间，白居易遭贬，孟郊、柳宗元、李贺相继去世，但鼎盛的唐王朝、绮丽的诗坛，并不会因此而失色。

　　那时的贾岛正值盛年，他不想此一生做个苦吟僧人，碌碌无为，潦倒落拓。

　　或许是尘缘未断，他曾因人世艰辛，做了僧人，如今为求功名还俗，亦是情有可原，无可厚非。

　　出家多年，他虽未潜心修禅，但对佛门的清净仍存眷念。

白头宫女在，
闲坐说玄宗

"终有烟霞约，天台作近邻。"或许有一日，他厌倦了尘世，又将重回古寺，青灯残卷，静心礼佛。

《唐才子传》记载："初，连败文场，囊箧空甚，遂为浮屠，名无本。"贾岛一生运蹇时低，处于逆境，屡举进士不第。

他似一朵孤云，游走无依。"失却终南山，惆怅满怀抱。"宦途艰辛，寻常人纵使有幸折桂，亦难忍其风霜磨砺。他深深体会到凡人不及僧人的悲哀。

下第

下第只空囊，如何住帝乡？

杏园啼百舌，谁醉在花傍？

泪落故山远，病来春草长。

知音逢岂易，孤棹负三湘。

他几番落第，心事低沉，孤贫落魄，江湖飘零。也有雄心壮志，曾作诗《剑客》："十年磨一剑，霜刃未曾试。今日把示君，谁有不平事？"

又有诗："几岁阻干戈，今朝劝酒歌。羡君无白发，走马过黄河。"满纸豪情，落落风骨，亦令人钦佩。

奈何，多少抱负、几多志向，被数十年的庸碌时光给磨去了锋芒。

寄身长安，见了太多风云变幻，有多少身居高位的达官显宦，亦落得遭贬、流离的下场。他并未轻易放弃，而是坚持科考，坚持苦吟。

唐文宗时，他曾作《病蝉》诗"以刺公卿"。后来，朝廷给他一个长江县主簿的小官，将他贬出长安。

数十载的科考生涯，终未遂愿，直到晚年，得了个小官，可悲亦可笑。

四 只在此山中，云深不知处

想当初，他为僧常生尘念，如今还俗，又难弃禅心。也不知哪年哪日，贾岛为解尘虑，去往云深雾绕的山林，寻某位隐士高人。

他写下千古名诗："松下问童子，言师采药去。只在此山中，云深不知处。"

山中隐者，遁世修行，每日品茗打坐，采药炼丹，往来云中，寄情松下，度过不朝天子、不羡王侯的闲逸岁月。不必争名夺利，无须奔走钻营，远离是非，荣辱无关。这时的贾岛，对这位遁迹云海的隐者高人心生羡慕。

曾几何时，他也是槛外人，若当时不入红尘，潜心修佛，或许另有一番境界——就连诗境亦多几分悠然禅意，不会被孤清悲苦占据。

他的世界，有一种坚执——对功名的坚执，对诗文的坚执，以至于一生窘迫困顿，无可救赎。

都说他苦吟思量，难有佳作。他这一生的确未写过温柔富贵之诗，却也有不少风骨傲然、诗情宛转之作。

忆江上吴处士

闽国扬帆去，蟾蜍亏复圆。

秋风生渭水，落叶满长安。

此地聚会夕，当时雷雨寒。

兰桡殊未返，消息海云端。

他半僧半俗，一生不得志，又身无长物。做僧人，他做得不够洒脱；做文人，他又做得太凄惨。

他入寺当过和尚，得罪过帝王，他的人生也有些许奇闻逸事，但终究不足为道。

后人有诗寄贾岛："狂发吟如哭，愁来坐似禅。新诗有几首，旋被世人传。"贾岛的苦吟精神、坚执态度，在唐末五代颇有影响。

《唐才子传》记载："李洞……酷慕贾长江，遂铜写岛像，戴之巾中。常持数珠念贾岛佛，一日千遍。人有喜岛诗者，洞必手录岛诗赠之，叮咛再四，曰：'此无异佛经，归焚香拜之。'"还有人将贾岛的画像挂于墙壁上，朝夕礼拜。

贾岛对自己逶迤崎岖的人生，从未真正满意过。他亦想不到，自己当年的苦吟痴态，有一天竟成了别人的信仰。

他苦了一辈子，吟了一辈子，以为在大唐诗坛寻到了归宿，其实他一直在长安流浪。这座城，没有用心接纳过他，他始终是一个过客。

几年后，贾岛迁去普州，任司仓参军。然普州不过是偏远之地，况他年老体衰，再难有所作为。这期间他曾作诗：

夏夜登南楼

水岸寒楼带月跻，夏林初见岳阳溪。

一点新莹报秋信，不知何处是菩提？

之后，朝廷升贾岛为普州司户参军，然他未受命而身先卒。有人为其惋惜哀叹，他其实是在逃避，以此解脱荣辱。他远离空门太久，漂泊倦累的心灵，需要重新找寻皈依。

佛说，苦海无涯，回头是岸。他的一生，都在为自己解脱，又一生被捆缚，不仅做了诗奴，更陷入名利交织的网。

他死时，家徒四壁，室如悬磬。

据说，只有一头老驴、一张古琴，还有桌案上他当日未写完的诗。

李贺

大唐的诗鬼，骑一头跛脚毛驴，四海飘零

一 少年心事当拿云

天若有情天亦老，这句千古佳句乃唐人李贺所作。后人多有引用，然所经历的时代不同，人生境遇不同，似乎又是另一种况味。若非有情之人，亦写不出这样深情的文字。

生在大唐的文人，似乎都是以一首华丽的诗篇开场的。而后各自汲汲营营，凡尘奔走，各有所得，各有所失。

在宏大的背景里，他们有许多相同的心愿，春兰秋菊，皆有所安排。只是曾经的亭榭花厅，成了废池颓垣，往日的诗者词客，已作黄尘白骨。

李贺是继屈原、李白之后，颇享盛誉的浪漫主人诗人，并有"诗鬼"之称，与"诗圣"杜甫、"诗仙"李白、"诗佛"王维相齐。

但他因仕途不顺，境遇坎坷，所写的诗作多是悲冷孤清、衰枯病朽之态，无李白之疏狂豪迈、洒脱飘逸。

人世风光旖旎，但好景不长，流光易逝，同为一代江山，亦有荣辱成败，冷暖悲欢。

李贺家居福昌昌谷，故后世称他"李昌谷"。他的远祖是唐宗室郑王李亮，到其父李晋肃时，早已世远名微，家道中落，半点尊荣也沾不到了。但李贺为自身有李唐宗室高贵的血统而深感自豪。

李贺曾自述家境："我在山上舍，一亩嵩磽田。夜雨叫租吏，春声暗交关。"风雨柴门，三餐不继，可见其清寒落魄之状。其父李晋肃早年被雇为"边上从事"，漂泊一生，后积劳而死。

李贺生来形体细瘦，长相特别。但他才思敏捷，聪慧过人，三岁会吟，七岁能诗，又擅长"疾书"。李贺深知家境清贫，虽有李唐血统，却无世袭的官爵。

他唯一的出路，便是寒窗苦读。他朝赴京，得中进士，建功立业。又或许，仅仅只为离开这荒寒之地，有一处轩房可遮身蔽体，不流离，免饥渴。

李贺白日骑驴觅句，晚上则探囊整理，焚膏继晷，辛苦耕耘。李商隐作《小传》云："恒从小奚奴，骑巨驴，背一古锦囊，遇有所得，即书投囊中，及暮归，太夫人使婢受囊出之，所见书多，辄曰：'是儿要当呕出心乃已耳！'"

李贺七岁时，韩愈、皇甫湜闻得李贺诗名，特来造访，并命其即景赋诗。李贺提笔写下《高轩过》一诗。

高轩过

韩员外愈、皇甫侍御湜见过，因而命作。

华裾织翠青如葱，金环压辔摇玲珑。

马蹄隐耳声隆隆，入门下马气如虹。

云是东京才子，文章巨公。

二十八宿罗心胸，九精照耀贯当中。

殿前作赋声摩空，笔补造化天无功。

庞眉书客感秋蓬，谁知死草生华风。

我今垂翅附冥鸿，他日不羞蛇作龙。

其诗结构严谨，思想新奇，跌宕多姿，且感情深邃，令韩愈和皇甫湜当场震惊。之后，李贺名扬京洛，甚至与誉满京华的李益齐名。

二 天若有情天亦老

他的世界，开始风和日丽，蜂飞蝶喧。长安城，至此多了一位才华横溢的少年。他虽不俊朗倜傥，却也风度翩翩。更何况，他满腹诗文，出口成章，自有一种华贵。

那应该是李贺这一生最春风得意的时光，尽管只是个白衣少年，无功名寄身，但他却被世人尊重且欣赏。

如果不参加科举，求取功名，就这样在长安城混迹一生，亦未尝不好。

白日里，有诗友相邀，买醉于酒肆茶社，兴起时，挥笔而书，不尽风流。夜里徜徉在秦楼楚馆，与才貌双全的女子吟诗对句，柔情缱绻。

偌大的长安城有无数气质非凡的歌妓，她们只盼得遇有情郎君，与之诗酒琴茶，同修同缘。

李贺有诗："杨花扑帐春云热，龟甲屏风醉眼缬。东家蝴蝶西家飞，白骑少年今日归。"

有关李贺的情感，史书记载甚少。他既是浪漫主义诗人，自是情多，诗文中亦难掩其情。也许，他也曾邂逅过令其一见倾心的女子，后来被流光怠慢、岁月蹉跎了。

但有一诗，可知李贺与妻子情深意长，恩爱相知。

后园凿井歌

井上辘轳床上转，水声繁，弦声浅。情若何？荀奉倩。

城头日，长向城头住。一日作千年，不须流下去。

诗中描写这对夫妻伉俪情深，琴瑟调和，有白首之约，一日千年。

有人说，这样的爱情，是李贺与妻子的真实写照。若真如此，她的存在，至少能在他落拓潦倒时，给以温暖，抚慰伤悲。

总之，李贺年少的些许轻狂、种种梦想，皆因仕途失意，而一一幻灭。在他名动京师时，本可早登科第，振其家声，但年未弱冠，即遭父丧。

为父丁忧三年后，再返长安，他又被妒才者的流言所累，因避家讳，而被迫放弃应进士科考试。

尽管韩愈为其辩解，终究于事无补，李贺愤离试院，拂袖而去。那一年，李贺离京返回昌谷。

未能参加进士考试，于李贺而言，乃一大劫数。他亦深感人世无常，瞬息变幻，只在朝夕。

三 一心愁谢如枯兰

其实，他走得一点也不洒脱。驻足看江山雾霭、落日城头，他心思沉重，并留诗：

出城

雪下桂花稀，啼乌被弹归。

关水乘驴影，秦风帽带垂。

入乡试万里，无印自堪悲。

卿卿忍相问，镜中双泪姿。

风雪萧瑟，孤单影只，原以为一朝高中，门庭显赫。岂料官印不得，名利无缘，来日茫茫，世路渺渺。

李贺后来所有的彷徨无依，乃至诗文的悲郁沉闷，皆因此番遭遇而起。以李贺当时浅显的人生阅历，要他豁达大气，谦卑低调，亦是不能。

沉寂了几年，李贺每日诗文做伴，借酒消愁，终不能抒心中愁思。幸而有爱妻甘苦与共，为其煮饭烧茶，女子的情意，深邃之时足以倾动河山。

也只有在她身边，李贺可以暂忘烦忧，可以纵情肆意。她虽荆钗布衣，不施粉黛，但容颜秀丽，柔情万千。

偏远之地，虽无皇城的繁华威严，却也是红尘紫陌，风日静好。那时的他，"惟求文章写，不敢妒与争"。

做个寻常的百姓，守着柴门，吃酒赏花。闲时为邻人写对联，代闺妇写书信，挣点碎银，日子也是得过且过。

千思万想，终不甘心。元和六年（811年）五月，李贺打点行囊，再次去往长安，几经举荐和考核，父荫入仕，任奉礼郎，从九品上。

自此，李贺在长安为官三年。初入仕途，且官职低微，对时局动荡、宦海波涛，难以做到心手相应，挥洒自如。

为官期间，李贺亲历许多事，亦结交了许多志趣相投的文友，对官场乃至社会有了更多认知。

他本文人，不懂权谋，不知争夺，更不会迎合。锋芒相逼，无力抵抗之时，他只能选择退让。

仕途坎坷，称心如意之事太少，唯诗文能与之亲近，免愁烦，无伤害。

那期间，李贺写了许多反映现实、讽刺世态之诗作。眼看着光阴草草，功名不成，升迁无望，纵有高才，也终无用处。

四　天荒地老无人识

李贺此后的人生，再无得志顺达时。一个人，要从困境里解脱出来，亦只是一念之间。

有人从容转身，小舟江海，来去无碍。有人置身荆棘，动与不动皆伤。李贺应属后者，他怀才不遇，落魄潦倒，已不见当年飞扬文采。

他本抑郁难抒，爱妻又突发疾病，红颜早逝。体弱的李贺，经不起这割情断爱之痛，一病不起。人世的悲欢离合，切切于心，往日的时光如梦如幻，此生再遇见令他倾心的女子，怕是不能。

之后李贺告假归去昌谷，沉沦数日，不再过问朝政之事，每日耽于诗酒，憔悴消极。

他的诗作多是一些衰亡凄清之意象，语言悲冷，选词炼句另辟蹊径，不落流俗。与"鬼"相关的诗句，有十余首，故后来有了"诗鬼"的称号。

苏小小墓

幽兰露，如啼眼。

无物结同心，烟花不堪剪。

草如茵， 松如盖。

风为裳，水为珮。

油壁车，夕相待。

冷翠烛，劳光彩。

西陵下，风吹雨。

秋来

桐风惊心壮士苦，衰灯络纬啼寒素。

谁看青简一编书，不遣花虫粉空蠹？

思牵今夜肠应直，雨冷香魂吊书客。

秋坟鬼唱鲍家诗，恨血千年土中碧。

  尘世既无知音，只能与鬼神相会，在幽冥之界寻找心灵的知交。李贺借鬼写人，鬼虽为异类，但情亦犹人。

  他活在自己营造的意境里，难以自拔，亦不在意世人的眼光。冷落的门庭，空无来客，厨房厅堂，不见佳人身影。

  这时的李贺已无心仕途，去做那卑微无权的小官，但他性情孤傲，又不甘心困顿于此，干脆辞了官职，打算云游江南。

  他想着吴越繁华之地，或许有他施展才华的洁净天空。可叹

"九州人事皆如此"，李贺未能邂逅巧妙的缘分，江南也没有给他更好的际遇。

他的梦，亦自此彻底破碎，他不再心存任何幻想。

之后，穷困潦倒的李贺，骑着他跛脚的毛驴，背着破旧的诗囊，四海飘零。

在别人的举荐下，他做了几年幕僚，混了个酒足饭饱。世间的成败荣辱、盛衰离合，他似乎已看淡，心中大志付诸烟尘。

但就是过这样平庸的日子，也不能如愿。因疾病缠身，李贺返回故里昌谷，此后缠绵病榻，无人问津。

每日孤灯寒影，浅醉入梦，或悼念亡妻，或整理诗稿。如此约莫半年光景，病卒，时年二十七岁。

一代诗鬼，如此短寿，冥冥中似有安排。世上的虚名浮利与他无关，他亦不必摧眉折腰，江湖飘荡。

他唯一放心不下的，是那头陪他经霜历雪的跛脚毛驴。

卷五

天意怜幽草，
人间重晚晴

杜牧

十年一觉扬州梦，赢得青楼薄幸名

一 十年一觉扬州梦

"落拓江湖载酒行，楚腰纤细掌中轻。十年一觉扬州梦，赢得青楼薄幸名。"杜牧的一首《遣怀》，似带读者与之江湖一场，戏游扬州，二十四桥、明月瘦水，不尽风流。

当初他盛年锦时，才气飞扬，虽有功名寄身，不过是一闲职。

他好宴游，流连于秦楼楚馆、烟波画舫，诗酒为伴，纵情声色，放浪形骸。多少青楼女子，与之成为知交，有些许下过誓言，有些只是露水之约，到最后，都被他辜负了。

十年回首，追忆往昔，有如梦幻，只落下了薄幸无情之名。此诗并不是颓废之作，杜牧不过是感叹人生际遇无常。十年风雨，仕途跌宕，于情场，他得意也失意，于官场，他亦未有大的作为。

世事苍茫无依，若岁月重来，他仍旧会选择当年在扬州耕云种月，诗酒风流，胜过朝堂之上的风谲云诡。

《唐人绝句精华》云："才人不得见重于时之意，发为本诗，读来但见其兀傲不平之态。世称杜牧诗情豪迈，又谓其不为龊龊小谨，即此等诗可见其概。"

唐时携妓优游，一诗一酒，一琴一书，已成风尚。不管是达官贵族，还是白衣卿相、诗人文客、商贾名流，皆有此雅兴。

他们不顾声名，只管那香车宝马、美人做伴、丝竹管弦、轻歌曼舞，几多快意，几多洒脱。

杜牧那时已有功名，且才华横溢——被淮南节度使牛僧孺授予推官一职，后转为掌书记，负责节度使府的公文往来。

居住在扬州，怎经得起这花柳繁华地、温柔富贵乡之诱惑？于是，他携妓宴游，吃酒吟诗，过了一段奢靡却逍遥的岁月。

杜牧乃何许人也？京兆万年人，字牧之，于家族中排行十三，被称为"杜十三"。杜牧才华出众，在诗文乃至政治、军事方面，皆有盛名。其诗作隽永秀丽，意趣深长，绝句尤受世人称赞。

清代贺裳《载酒园诗话·又编》云："杜紫微诗，惟绝句最多风调，味永趣长，有明月孤映，高霞独举之象，余诗则不能尔。"

二 多少楼台烟雨中

杜牧年少时，正值唐宪宗讨伐藩镇，振作国事。他好读兵书，曾注解过《孙子兵法》十三篇。昭义军乱，其上书李德裕论用兵之法，为德裕采纳，并大获全胜。

杜牧性情刚直，为人豁达开朗，不拘小节，也不屑逢迎。他博通经史，不仅论兵事，诗文更是称绝。

他二十三岁那年，作《阿房宫赋》。其赋工整不堆砌，文辞富丽不浮华，气势沉稳，奔放豪迈。

阿房宫浩浩荡荡覆盖数百里，遮天蔽日，廊腰缦回，檐牙高啄。朝歌夜弦，明星荧荧，美玉若顽石，珍珠似砂砾，不尽奢华。

就是这样的锦绣华屋，某日戍卒大呼而起，一举攻下函谷关，楚兵的一把火让其瞬间化作灰尘，成为焦土。

秦朝统治者骄奢无度，招致亡国，杜牧此赋的文笔锋芒亦是指向唐朝统治者。世事盛衰起落，虽是常理，亦属人为。

"灭六国者六国也，非秦也。族秦者秦也，非天下也。"杜牧所处的时代，已不是当年的大唐盛世，他期待统治者励精图治，富民强兵，内平藩镇，外御侵略。

短短十数字，有痛惜，有悲哀，更有愤慨，亦表现出一个正直高洁文人的忧国济世情怀。

"宝历大起宫室，广声色，故作《阿房宫赋》。"杜牧笔指秦始皇、陈后主、隋炀帝等亡国之君，他不想大唐的帝王步其后尘，落到不可收拾之境地。

一篇《阿房宫赋》令杜牧声名鹊起，他亦因此被当时许多官场名流赏识。之后，杜牧又写下了五言抒情长诗《感怀诗》，诗文恣意恢宏，气韵高古。

此诗鞭挞藩镇的跋扈，亦揭露朝廷的衰败无能。那时的杜牧，虽有雄心壮志，却报国无门。

"高文会隋季，提剑徇天意。扶持万代人，步骤三皇地。圣云继之神，神仍用文治。德泽酌生灵，沉酣薰骨髓。"杜牧对初唐盛世无限缅怀，但今时的唐王朝气势衰微，如西风残照，何以挽救？

杜牧的诗文令他离功名之路只有一步之遥。太和二年（828年），二十六岁的杜牧进士及第。同年考中贤良方正直言极谏科，授弘文馆校书郎、试左武卫兵曹参军。

自此，杜牧真正踏上了仕途。虽自负经略之才，博古通今，但天下纷纭，江山日暮，他的军事谋略、用兵之法未必有用武之地。

几年后，杜牧便去了扬州，江南的如画山水、烟雨柔情软化了他的壮志雄心。因职务清闲，加之朝廷软弱，他虽有报国之心，却被慢慢消磨了年少时的热忱。那里，有如花美眷、温香软玉；那里，诗酒歌舞，风月无边。

在扬州期间，杜牧诗情飞洒，写下了许多旖旎动人的诗篇。

或追忆吊古，或遣愁感怀，含蓄婉转，风流华美。

他的绝句意境优美，情景交融，韵味隽永。纵使有再多的忧患彷徨，看罢也会随即洒然。

寄扬州韩绰判官

青山隐隐水遥遥，秋尽江南草木凋。

二十四桥明月夜，玉人何处教吹箫？

江南春绝句

千里莺啼绿映红，水村山郭酒旗风。

南朝四百八十寺，多少楼台烟雨中。

三 多情却似总无情

元和年间，杜牧邂逅了杜秋娘，彼时的秋娘，已沦落为一个穷苦可怜的老妪。想当年，她本是镇海节度使李锜的宠妾，凭借一首《金缕衣》做了后宫的皇妃，赢得唐宪宗千恩万宠。

历几代帝王更迭，杜秋娘最后被遣回故里，唯一能带走的，只是"花开堪折直须折，莫待无花空折枝"的诗句。

杜牧见其凄凉之状，感其身世际遇，为之赋诗。诗中云："归来四邻改，茂苑草菲菲。清血洒不尽，仰天知问谁。寒衣一匹素，夜借邻人机。"

秋娘生活清苦，依靠织布缝衣度日。就连织布机，亦要找邻人借用，困窘之态，令人泪落。人世的无常变迁，光阴的糊涂安排，当真是叫人惆怅难言。

人生聚散有时，起落有定，本为常态。杜牧风流潇洒，徜徉在扬州烟花巷，辜负红颜。一路相逢，一路留情，又一路遗忘，只落下薄幸之名。

但有那么一个女子，令他一见倾心，且念念不忘，彼此相爱，却无缘相守。她叫张好好，一名寻常歌妓。多年前，那场金风玉露的相逢，胜却人间无数。

"君为豫章姝，十三才有余。翠茁凤生尾，丹叶莲含跗。"那年的她，年方十三，着翠绿衣裙，袅袅婷婷，歌喉婉转，高朋满座。

杜牧倾倒于她的玉质清颜、绰约风姿，而张好好亦爱慕杜牧的满腹才情、潇洒俊逸。他们也曾泛舟烟波，琴书相对，才子佳人，情投意合。

当时的张好好为江西观察使沈传师家中的歌妓，地位低微，并不能主宰自己的命运。后被沈传师之弟纳为侍妾，江湖女子有了归宿，亦不敢有太多的奢望。且杜牧当时官低，孤身飘零，见其有了依靠，未尝不是一种欣慰。

数年后，故人相逢，当年曼妙轻灵的张好好，竟沦为当垆卖酒之女。"洛城重相见，绰绰为当垆。"原以为只是功名如尘土，却不想，欢情亦如此薄浅。

"怪我苦何事，少年垂白须？朋游今在否？落拓更能无？"
纵有千般怜惜，亦无可奈何。望着水云秋景、斜阳衰柳，他终究
泪落不止。

这一别，自此天涯，再不复相见。世间像张好好这样的女子
不计其数，可怜一生被命运牵绊，不能自主。

杜牧另有诗："繁华事散逐香尘，流水无情草自春。日暮东
风怨啼鸟，落花犹似坠楼人。"此诗说的是那位为石崇坠楼的绿
珠。繁华往事，已随香尘荡然无存。

绿珠原是绿萝村的农女，石崇用十斛珍珠将其买下，住进了
金碧辉煌的金谷园，成了一名才艺双全的歌妓。她本来可以在金
谷园里每日轻歌曼舞，饮酒吹笛，安稳度日。

依附于赵王伦的孙秀暗慕绿珠，石崇不依，招致杀身之祸。
那日，金谷园被重兵包围，石崇叹息道："我今为尔得罪。"绿
珠流泪道："当效死于官前。"她纵身一跃，坠楼而死，凄美
悲壮。

四　闲爱孤云静爱僧

之后的杜牧几经官场浮沉，往来各地，去了洛阳，转而宣
州，又迁官外放为黄州刺史。

想当年进士及第，光耀门楣，他愿尽一己微薄之力，撑起一

片明净的天空。事与愿违，他辗转至"齐安荒僻地，平昔放逐臣"之所，虽是贬谪，但文人气度犹在，风骨不减。

杜牧任黄州刺史三年，"不徇时俗，自行教化，唯德是务，爱人如子"，将黄州治理得井然有序。

明弘治《黄州府志》赞其"有才名，多奇节，吏民怀服之"。他为政清廉，刚直有气节，几多作为，亦算是不忘初心。

后来，杜牧任池州、睦州刺史，虽无辉煌政绩，也关心民众，受人拥戴。

杜牧已慢慢步入暮年，他被迁回长安，那时的朝廷已是一盘散乱的棋局，他亦再无力挽狂澜之豪气。他开始喜欢孤独，享受清闲，素日里除了诗友，他皆是闭门谢客。

他修整了樊川别墅，一人独坐，明月落在小窗，皎洁的清辉像年轻时那些美好的梦想。

他的身边没有相伴的红颜，陪伴他的只是对当年扬州的一点回忆。几多风流韵事，已成过往，多少悲欢离合，与他无关。

他有诗："商女不知亡国恨，隔江犹唱《后庭花》。"另有诗："一骑红尘妃子笑，无人知是荔枝来。"他的心中似乎仍有太多的不平。可帝王溺于声色，沉迷靡靡之音，又与美人何关？

自古女子的情感多热烈，许多时候，她们比男子更有气节，更有风骨。他也曾受红粉之恩，到底是他薄幸，还是她们无情？

杜牧心中怎会不知，他置身的大唐王朝有太多的隐忧，纵是歌舞歇，脂粉散，终无能为力了。

日色淡薄，世事山河飘忽无常，他厌倦了，也无意争夺什么。其实，人世多少好风光，抵得过多少仕宦显达，可惜，他一生忽略了太多。

他病了，并且一病不起，他自知来日无多，千丝万缕的情感须有个了断，恩怨炎凉终得解脱。他忘记秦楼之约，也忘记当年江南邂逅的那场烟雨。

他闭门谢客，寻出过往撰写的诗文，不忍相见，焚之成灰，仅留下些许残章碎片，遗落到熙熙攘攘的人间。

至于史书如何记载，后人怎样评价，他无须在意。陆游说："勋业文章意已阑，暮年不足是看山。江南寺寺楼堪倚，安得身如杜牧闲。"

他也曾向往过繁华的风景，后来才知道，人生的清幽与闲静，在山水间，在自己的心底。

李商隐

此情可待成追忆，只是当时已惘然

一 此情可待成追忆，只是当时已惘然

也不知从何处见到，有人说李商隐是晚唐一只多情的蝴蝶。他有着五光十色的羽翼，翩飞在大唐诗歌的国度，穿行于芳草迷离的丛林，酝酿出许多色彩缤纷的诗句。

他写过许多情诗，悱恻缠绵，唯美绚丽，婉转动人。这只晚唐的蝶，生来多情，玉树临风，会写秀丽工整的字，能咏华美缱绻的诗。他的一生算不得顺心惬意，却也没有潦倒凄凉。

他写过一首很美的情诗，感叹华年，追忆过往。后世之人时常借此诗喻己，争相传诵。

锦瑟

锦瑟无端五十弦，一弦一柱思华年。

庄生晓梦迷蝴蝶，望帝春心托杜鹃。

沧海月明珠有泪，蓝田日暖玉生烟。

此情可待成追忆，只是当时已惘然。

　　李商隐的应举之路本就坎坷，后又卷入"牛李党争"的政治旋涡，一生困缚其间，不得舒展。官场的平淡、排挤倾轧，他似乎并不在意。

　　他当初对名利亦无太多渴求，入仕或许只是一个文人简单的心愿。至于后来是身居高位，还是官小禄微，亦无多求。

　　比起那许多的大唐风流人物，李商隐算不得潇洒超逸，亦不以清贵的人品著称，但他却是整个唐代最追求诗境之美的多情诗人。他一生四处留情，却又并非薄幸之人，只是无奈情多，不由自主。

　　都知李商隐和妻子王氏鹣鲽情深，举案齐眉。他的诗文里有许多思念妻子之句，感情真挚，令人动容。

　　其中有诗："君问归期未有期，巴山夜雨涨秋池。何当共剪西窗烛，却话巴山夜雨时。"可见其情深如许。

　　李商隐常年奔波在外，与妻子聚少离多，每有相思，皆寄付于诗文。妻子等候远行的丈夫，欲问归期，巴山的夜雨倾城，下得惊动浮生。

　　千山迢递，万里相隔，他道不出归期。心中唯盼着早日返家，与妻子西窗下剪烛夜话，长相厮守。

王氏去世后，李商隐更是写下多篇悼亡诗，语句悲郁，感人肺腑。"忆得前年春，未语含悲辛。归来已不见，锦瑟长于人。"

大中五年（851年），王氏突发疾病，仓促离世，李商隐悲痛欲绝。尚未从伤痛中走出，又将离家远行。行途漫漫，雨雪霏霏，自此天涯孤旅，再无人为他弄织机，寄寒衣。

悼伤后赴东蜀辟至散关遇雪

剑外从军远，无家与寄衣。

散关三尺雪，回梦旧鸳机。

二 相见时难别亦难，东风无力百花残

李商隐年轻时，写过《燕台四首》组诗，词句浓艳，朦胧亦美好。

有一洛阳女子，名柳枝，年十七，容颜姣好，能吹叶嚼蕊，调丝擫管。

柳枝偶然听人吟诵李商隐的《燕台四首》，心生爱慕，托人相约。那时的李商隐年轻俊朗，风度翩翩，又能写得好诗，自有妙龄女子青睐。

但那日不知何故，他失约了，后听闻柳枝被有权势之人

娶走，心生愧疚，更多的是深深的遗憾。于是，作诗《柳枝五首》。

柳枝五首

其一

花房与蜜脾，蜂雄蛱蝶雌。

同时不同类，那复更相思？

其二

本是丁香树，春条结始生。

玉作弹棋局，中心亦不平。

其三

嘉瓜引蔓长，碧玉冰寒浆。

东陵虽五色，不忍值牙香。

其四

柳枝井上蟠，莲叶浦中干。

锦鳞与绣羽，水陆有伤残。

其五

画屏绣步障，物物自成双。

如何湖上望，只是见鸳鸯。

人生喜乐无涯，情爱亦是无涯。这段感情，未曾开始，便已结束。

后来，李商隐在玉阳山学道几年，曾与一名叫宋华阳的女道士有过一段恋情。

唐时女子习道似成一种风尚，许多才貌双全、名门望族的小姐，乃至高贵的皇室公主，出家做女冠。

她们远避红尘，并非为了清心自守，而是借这清净道场，与达官显贵、名人雅士诗酒作乐。她们才貌出众，逢场作戏，留下许多风流韵事。

李商隐与道姑月下幽会，暗生情愫。宋华阳想必是位钟灵毓秀的女子，她为避尘虑，追寻自由生活，而潜入道观清修。

邂逅李商隐这样的风流才子，怎能不为之心动？但动情容易，守情难，女子的情爱，原比男儿更豁达大气。后来，不知是谁负了誓约，谁提前转身离开。

月夜重寄宋华阳姊妹

偷桃窃药事难兼，十二城中锁彩蟾。

应共三英同夜赏，玉楼仍是水精帘。

高墙深院，自有一种清妙闲静，但他思及京城的繁华喧闹，亦没有逗留。

他是一只多情的蝶，与他有过情爱，以及他爱慕的女子，许有很多。他写的《无题》诗，皆是说情，说爱，说相思。

"身无彩凤双飞翼，心有灵犀一点通。"也不知他是与哪位红粉佳人有此等默契。

"相见时难别亦难，东风无力百花残。"亦不知他是与谁相约相别，难舍难分。

"春心莫共花争发，一寸相思一寸灰！"那么多天的朝思暮想，望穿秋水，又究竟为了谁?

三 天意怜幽草，人间重晚晴

李商隐不仅情爱之路一波三折，他的仕途亦是起伏跌宕。李商隐幼年丧父，家境清贫，很早便背负起养家的重任。

他曾"佣书贩春"，即替人抄书，挣取银钱，用以贴补生活。亦为此，李商隐写得一手娟秀的小楷，且擅长写辞藻华丽的古文。

他后来去了洛阳，有幸结识白居易、令狐楚等名流权贵。那时的令狐楚官居高位，他赏识李商隐的骈文，珍视其才华，知其一穷二白，就"岁给资装，令随计上都"。

李商隐开始了他漫长而艰辛的科举之路，虽有达官举荐，但功名仍旧那般遥不可及。

他屡试屡败，但仍锲而不舍，坚定不移。贫寒之士，科考是走向权势的唯一途径，纵举步维艰，他亦是持之以恒，百折不挠。

这期间，他去了玉阳山学道，与聪慧多情的道姑，发生了一段旷世恋情。

尽管情海波涛起伏，他的心也未忘功名，一直持续读书，乐观应试。滴水石穿，精诚所至，李商隐耗费近十年的光阴，终考取了进士。

他应泾原节度使王茂元所聘，去泾州做了幕僚。在这里，他遇见了命定的女子王晏媄，与之结秦晋之好。

得此如花美眷，足以弥补多年的孤独困苦。但亦因为这桩婚事，李商隐卷入了"牛李党争"的旋涡中，无法自拔。

后来李商隐通过授官考试，得了个秘书省校书郎的职位。官卑职小，与他想要的权力富贵隔了万水千山。都知宦途变幻，但他还未开场，未寻到官场知音，就似乎已经提早预知了结果。

母亲亡故，李商隐归家丁忧，赋闲几载。人世无常，官场浮沉，他本不喜争名夺利，闲居的日子更是淡化了雄心，但他诗心不减，笔墨不歇，平淡的岁月反添了诗境。

晚晴

深居俯夹城，春去夏犹清。

天意怜幽草，人间重晚晴。

并添高阁迥，微注小窗明。

越鸟巢干后，归飞体更轻。

有时，他甚至暂抛纸笔，于田园耕种，忙于农事。他甚至渴望做个农夫，守着几亩田地、一山翠竹，恬淡度日。

那时间，他还效仿陶潜，写了一些田园诗，表达其归隐林泉之心。但那些诗作，都抵不过他的《无题》诗。他放不下人间情爱，也舍不了功名利禄。

他亦有他的清高与骄傲，不愿为了功利而整日疲于奔走，蝇营狗苟。

守孝期满，李商隐仍旧回到秘书省。他官职低微，非但不能舒展抱负，有所作为，反而屡遭排挤。仕途失意令其终日郁郁寡欢，忧心如焚。

迫于生计，李商隐开始他的幕僚生涯。他的诗歌，亦随着飘零岁月而悲观沉郁。

他深知此生与权势无缘，亦不可能在朝堂之上博取任何威望。数载漂泊辗转，摧眉折腰，不过是为了寄身红尘，不潦倒无依罢了。

他与世妥协，多番退让，依旧是前途渺渺，百般受阻。后来，妻子王氏亡故，李商隐更是万念俱灰。

四 夕阳无限好，只是近黄昏

沉寂一段时日后，李商隐尚未从哀痛中走出，又受剑南东川节度使柳仲郢相邀，去往西南边境任职。

几年的梓州幕府生活，他皆是怏怏不乐。他的身边缺了那个陪他剪烛夜话之人，亦再无人为其寄寒衣，与之共白头。

官场的失意，与人世的情爱相比，似乎不值一提。他已是一生不得志，也不在意余生是否还能博取虚名，更不图有何功利。

回到京城后，李商隐被安排了一个小官职，他不再浮躁，亦不相争，而是安分守拙，循规蹈矩。偶得空闲，亦是畅游山水，寄兴诗文。

乐游原

向晚意不适，驱车登古原。

夕阳无限好，只是近黄昏。

百无聊赖的仕宦生活，让李商隐意兴阑珊，他干脆辞官归故里，与这冷漠的朝廷彻底做了个了断。

其实，这时的李商隐尚不到暮年，但其心已老，有黄昏之感。人世给了他太多的磨砺，他虽不算洒脱，不够从容，但到底也是一个人走过来了。

他对佛教生了兴致，试图在空灵清寂的禅境里，寻求心灵的解脱。抛开了功名、情爱，他的内心变得纯粹而干净。他不再写缠绵悱恻的诗，也不再追忆当年错过的那段情。

不久后，李商隐便病逝于郑州。哀莫大于心死，或许，生无所依，行走于世，亦无所恋。

唐人崔珏曾惋惜其才，有诗："虚负凌云万丈才，一生襟抱未曾开。鸟啼花落人何在，竹死桐枯凤不来。"

但世人觉得李商隐的诗太过含蓄朦胧，隐晦迷离，难以捉摸。金代元好问《论诗绝句》里说："望帝春心托杜鹃，佳人锦瑟怨华年。诗家总爱西昆好，独恨无人作郑笺。"

读《红楼梦》第四十回，那日史太君携众人乘木舫游园，宝玉嫌那一池的枯荷败叶，道："这些破荷叶可恨，怎么还不叫人来拔去。"

宝钗笑道："今年这几日，何曾饶了这园子闲了，天天逛，那里还有叫人来收拾的工夫。"

林黛玉道："我最不喜欢李义山的诗，只喜他这一句：'留得残荷听雨声。'偏你们又不留着残荷了。"

宝玉道："果然好句，以后咱们就别叫人拔去了。"

简单的几句对话，读罢却是意味深长。日后见了残荷，我便想起这句诗，想起大观园那一幕情景。每逢夜雨，亦念着那一池的残荷，在秋夜，它们为世界添了几许秋情秋韵。

黛玉不喜李商隐之诗，或是觉得他刻意追求诗意之美，而忽略了自然之态。

山河变幻，世事难全，黛玉纵是不喜，但李商隐的无题诗风格新颖，柔情似水，亦被世人广为传诵。

他是晚唐一只多情的蝴蝶，人世间，有一段属于他的多愁善感、一往情深。

温庭筠

一 过尽千帆皆不是

晚唐已是江河日下，朝不虑夕。但每个朝代，无论盛衰兴废，哪怕已是断井颓垣，仍会有一剪清光，映照山河。

自古以来，这浩荡的天地，出过多少帝王将相，然而他们又与百姓无异，只是曾留名于历史罢了。

江山虽岌岌可危，但晚唐的诗人仍旧日出不穷。有这样一个人物，他既能作诗又能作词。他的诗有盛唐风度，华丽精致；他的词旖旎柔情，更是叩开了宋词的门扉，被尊为"花间词祖"。

他谙音律，善鼓琴吹笛，填词度曲。但他却无才子的风流俊美，甚至相貌奇丑，被称作"温钟馗"。他凭借不世才学，在大唐浩瀚的史卷中，占下一纸风华。

然而他又自恃才高，讥讽权贵，惹人憎恶，故屡试不第，郁郁终身。

他文笔风流，诗词兼工，留下许多绮丽精美之作供后人品读。他的诗词既抒写其积极入世情怀，亦有羁旅愁思，也有对爱情的吟咏。

他不光才高，更是文思敏捷，出口成章。曹植的"诗成七步"，袁虎的"倚马可待"，已让人叹为观止，五体投地，他却是"才思艳丽，工于小赋，每入试，押官韵作赋，凡八叉手而八韵成"。

他入科场作诗赋时，不打草稿，而是叉手伏几，信口吟来，叉手八次，即可赋成八韵。若无涌浪之才，遄思若飞，实在难成。换了常人，纵然强凑词语，也是佶屈聱牙，难有佳作名篇。

他不同，他篇篇锦绣，句句生香，让人读之无尽，回味悠长。他累年不第，却替人作赋答卷，为人捉刀。为此，主考官特令他于帘下单独应试。然他并未因此收敛，依旧不受束缚，自负轻狂。

他是花间一蝶，舞态翩跹，用他的绮艳之词写着晚唐的温软。他承南北朝之文风，独辟蹊径，将民间词转为文人词，带去了大宋。他以才入笔，是"男子而作闺音"，幽思彻肠，细腻多情。

"初至京师，人士翕然推重。然士行尘杂，不修边幅。能逐弦吹之音，为侧艳之词，公卿家无赖子弟裴诚、令狐缟之徒，相与蒲饮，酣醉终日，由是累年不第。"

二 鹦鹉才高却累身

这个人，便是温庭筠，晚唐人物，没落贵族。他本名岐，字飞卿，太原人。他为唐初宰相温彦博后裔，因家道中落，为求功名，奋志读书。

他相貌丑陋，但腹有诗书，性格疏狂，亦有一种潇洒不羁。他来到京城，才震一方，与官家子弟狎游终日，大醉长安。他屡试不中，落魄考场，更莫说建功立业，穿朱戴紫。

他太过张狂，恃才傲物，触恼权贵，不知轻重。就连宰相令狐绹，他亦对之傲慢无礼，甚至讽刺其"中书省内坐将军"。

在他眼中，令狐绹不学无术，就是一介武夫，才不配位。他的狂放不羁，虽是本性释放，却让自己的仕途沟壑重重。

令狐绹知宣宗喜《菩萨蛮》，曾假温庭筠之作，进献给宣宗，戒令勿泄。岂料温庭筠不通人情，张扬出去，因此被令狐绹疏远。

他自诩才识高绝，屡讥其短，令狐绹不予引荐，故温庭筠累试不第。

菩萨蛮

小山重叠金明灭，鬓云欲度香腮雪。懒起画蛾眉，弄妆梳洗迟。

照花前后镜，花面交相映。新帖绣罗襦，双双金鹧鸪。

他和令狐绹之间，除了《菩萨蛮》，还另有一事。

一日，唐宣宗作诗一首，有"金步摇"一词，寻不到恰当的对仗语，温庭筠用"玉条脱"对之，宣宗甚为赞赏。令狐绹不知"玉条脱"出自何处，于是询问温庭筠。温庭筠答曰《南华经》，并取笑他才疏学浅，孤陋寡闻。

后来宣宗欣赏温庭筠之才，欲以甲科进士录取之，却因令狐绹从中作梗而作罢。温庭筠在诗中感叹："因知此恨人多积，悔读南华第二篇。"

纪唐夫曾作诗《送温庭筠尉方城》，写出了真实的温庭筠。诗中有句："凤凰诏下虽沾命，鹦鹉才高却累身。"他的确是才高累身，若非才高，他亦不会恣意妄为，无所顾忌。

大唐才子，个个才华若仙，冠绝一时。大多误在一种信仰上，这信仰即才高自可傲王侯。正是这种放纵不羁，让他们的才思奔腾不息，仕途却坎坷曲折。

在他们眼中，才学为最。只需心中锦绣，援笔诗成，即可建功立业，得天子青眼，与权贵交游。却不知，灼灼文采只是水月镜花，赏罢，亦不过如是。

李白也好，温庭筠也罢，大唐才子们大半被高才所误。恰因这种缺失，他们各自尝尽人世百态，写出锦句华章，得以留名千古，长久不衰。

得失之间，谁又知孰对孰错？若重新选择，他们或许依旧难改其性，结局相同。

三　晨起动征铎，客行悲故乡

科考失意，仕途不顺，温庭筠仍纵酒放浪，自在随心。他的诗词创作亦在惆怅的光阴里有增无减。

瑶瑟怨

冰簟银床梦不成，碧天如水夜云轻。

雁声远过潇湘去，十二楼中月自明。

望江南

梳洗罢，独倚望江楼。过尽千帆皆不是，

斜晖脉脉水悠悠。肠断白蘋洲。

梦江南

千万恨，恨极在天涯。山月不知心里事，

水风空落眼前花。摇曳碧云斜。

自古才高遭人妒，更何况他频频得罪权贵，毫不收敛。再加上他不改代人作赋之习气，扰乱科场，终被赶出了长安，贬为隋县尉。

这时的温庭筠已在长安逗留多年，空有鸿鹄之志，连个正经出身都没有。

　　酒喝了数坛，诗作百首，开创了词风，也得过君王赏识，也与权贵结怨。奈何屡试不第，功名与之无缘，潦倒困顿，着实可悲。

　　他离开长安后，奔赴襄阳，路过商山时，宿于山前某个清冷的驿站，作诗：

商山早行

晨起动征铎，客行悲故乡。

鸡声茅店月，人迹板桥霜。

槲叶落山路，枳花明驿墙。

因思杜陵梦，凫雁满回塘。

　　一人一马，孤单地行过江湖，山高水长，路无相识，不胜悲凉。他乃天涯行客，迫于生计，不得已去做个小官。

　　远处鸡鸣声声，似在催促着远行的旅人。残月依稀，洒落一地寒辉。木板桥上路人斑驳的足迹，被薄薄地覆盖了一层早春的寒霜。

　　辞别故里多年，早该蟾宫折桂，功成名就。奈何年近花甲，仍被世俗所驱，奔走在红尘阡陌，怅惘失措。

　　曾经的他，轻世傲物，目空四海，在考场上妄自尊大。今时回首，竟也有些许悔意。人世沧海，有些好时光，错过了，不复重来。

也想就此作别，辞了这微职，拂袖离去，做个闲人。从此，也学范蠡，寄身五湖，泛舟烟水，陶然忘机。或做个钓翁，垂钓江雪，哪管他朝代更迭，江山兴废。

利州南渡

澹然空水带斜晖，曲岛苍茫接翠微。

波上马嘶看棹去，柳边人歇待船归。

数丛沙草群鸥散，万顷江田一鹭飞。

谁解乘舟寻范蠡，五湖烟水独忘机。

但这些出尘之念，亦只是一时，以他的性情，难以真的做到隐逸林泉，小舟江湖。

他的心，始终在长安，在朝野。纵一世碌碌，不得功名，他亦要在大唐史册，留下一纸风流。

四 山月不知心里事

不久后，温庭筠离开襄阳，客于江陵。多少豪情壮志，有时抵不过闾巷深处的荧荧灯火、瓦檐上的袅袅炊烟。

闲下来的日子，他喝酒填词，不被约束，倒也快活。

更漏子·玉炉香

玉炉香，红蜡泪，偏照画堂秋思。眉翠薄，鬓云残，夜长衾枕寒。

梧桐树，三更雨，不道离情正苦。一叶叶，一声声，空阶滴到明。

更漏子·柳丝长

柳丝长，春雨细，花外漏声迢递。惊塞雁，起城乌，画屏金鹧鸪。

香雾薄，透帘幕，惆怅谢家池阁。红烛背，绣帘垂，梦长君不知。

其实，他的人生亦有值得回味的片段，有欲说还休的情感。他曾与大唐才女鱼幼薇，有过一段师生缘。

那时的她，天真烂漫，兰心蕙质，他教她写诗，也教她填词。他虽貌丑，但性情豁达不羁，且才华超凡，她对他心生仰慕。

他自问风流，但对她有千万种怜惜，怕多情累身，便转身离去。她嫁给了李亿，与之郎情妾意，你侬我侬。岂料李亿之妻裴氏容不下鱼幼薇，不到数月，她就被无情抛弃。

飘零无依的她去了道观，改名玄机，写下"易求无价宝，难得有心郎"之千古名句。她之才名，亦惹来无数风流诗客、多情公子的爱慕。

她亦放开心怀，与他们诗酒酬唱，乐此不疲。后因失手打死了婢女绿翘而被京兆尹温璋处死，年仅二十六岁。

不知那时的温庭筠是否对这薄命红颜心有愧意，但他们之

间，亦只能是师生之谊，永远隔着一道世俗的藩篱。时近时远，
忽浓忽淡，不敢相思，更不能相负。

自分离后，他们一直诗书不断，情深义重。温庭筠曾寄诗：

晚坐寄友人

九枝灯在琐窗空，希逸无聊恨不同。

晓梦未离金夹膝，早寒先到石屏风。

遗簪可惜三秋白，蜡烛犹残一寸红。

应卷鰕帘看皓齿，镜中惆怅见梧桐。

鱼幼薇亦写诗相和，对其吐露心中愁绪，不遮不掩。

冬夜寄温飞卿

苦思搜诗灯下吟，不眠长夜怕寒衾。

满庭木叶愁风起，透幌纱窗惜月沈。

疏散未闲终遂愿，盛衰空见本来心。

幽栖莫定梧桐处，暮雀啾啾空绕林。

这世上，有一种情感，非男女之情，却比之更让人想要珍
惜。有些人，只能遥遥相看，不可相知相守。

他们也许爱过，却没有真正拥有，也许缘深，却终一生不得
相倚。她的人生变故、悲惨遭遇，或因他而起，但他际遇坎坷，

波澜起伏，又是因为谁？

五　悔读南华第二篇

　　直至唐懿宗时，他归返长安，官至国子助教。这时的温庭筠已两鬓斑白，再无当年纵酒寻欢之快意。只是，他与生俱来的狂傲、无所顾忌的嚣张，怎肯轻易更改。

　　在任上，久羁考场的温庭筠，生怕权贵因人取试，贤才受屈。思来想去，不顾后果，将三十余篇进士诗文榜出，公布于众。

　　此种做法，无非让众人监督，不可作弊。虽传为美谈，却触怒宰相杨收，他被贬为方城尉——一个无权无名的小官。

　　不久，温庭筠便去世了。有人说，他官场不称意，郁郁而死。非也，以他的性情，早已将世事看透，怎会计较这一得一失？想来，他是无疾而终吧。

　　《北梦琐言》记载："宣皇好微行，遇于逆旅，温不识龙颜，傲然而诘之曰：'公非司马、长史之流？'帝曰：'非也。'又谓曰：'得非大参、簿、尉之类？'帝曰：'非也。'谪为方城县尉，其制词曰：'孔门以德行为先，文章为末。尔既德行无取，文章何以补焉？徒负不羁之才，罕有适时之用。'云云。竟流落而死也。"

　　生或死，成或败，皆在一起一灭间。他这一生，似做了一场荒唐可笑的梦，看似漫长，实则匆匆。虽一世不得功名厚禄，但他挥笔大唐，饮醉长安，狂放过，潇洒过，不曾虚度。

他之后，世间再无温庭筠，红尘却有花间词。他之后，唐诗如秋风残荷，日渐枯败，宋词则像雨后新竹，难收难管。

人世变幻，那缓缓而来的宋词，成了时代的王者。

韦庄

《花间集》里走出来的婉约词人

一 一生风月供惆怅

那时的晚唐，已是西风残照，江山日暮，再无挽回的余地。这个王朝，经数百年的历史，有过鼎盛辉煌，如今气数将尽，也该是落幕无悔。

他恰好生于国运衰微的晚唐，虽是名门望族之后，终究是生不逢时，带着悲情的色彩。他在乱世中行走，似一粒尘埃，不急不缓，无根无蒂。

纵是这样，一生飘零，历浮沉，经风雨，哪怕王朝没落，山河破碎，他始终让自己毫发无伤。

他叫韦庄，《花间集》里走出来的一位词人。他明明是大唐的人物，却善于写清丽风雅的词，和温庭筠同为花间派的代表，并称"温韦"。他亦工于诗，其绝句情韵深婉，底蕴丰厚。

韦氏一族，在唐时乃名门望族，承载着无尽的荣耀，一如当年的王谢之家。盛极一时的王谢旧居，被荒草、斜阳湮没，早已荡然无存。梁间的燕子，换了新的主人。

韦庄乃山水诗人韦应物四世孙，韦应物时家族已不复从前，渐次落败。到了韦庄时，已是家道衰落，境况凄凉。问世上荣华功贵何以久长，尘寰消长，早有安排。

韦庄幼年父母双亡，家贫如洗。但他敏而好学，坚韧不屈，且性情疏旷通透，不拘小节。

当年韦应物为天子近侍，疏于学识，纵情饮酒。韦庄与之不同，他是才高志大，品学兼优。

应举之前，韦庄为求生计，在昭义节度使、检校礼部尚书等府中做幕僚。这不仅解决了衣食温饱，亦可结交一些权贵，积攒人情。

韦庄几番应试，皆是榜上无名，直至年过四十，仍功名未成，仕途遥远。纵世路坎坷，百折千回，他始终坚持不懈，锲而不舍，不哀不怨。

"冲天香阵透长安，满城尽带黄金甲。"这是一位叫黄巢的人，落第后所赋的诗。

黄巢胆识过人，他不满腐朽的李唐王朝，揭竿起义，攻入长安。一夜间长安城兵荒马乱，硝烟弥漫，百姓转徙离散，无处安身。

乱世中的人，都是东躲西藏，疲于奔命，离乡背井。战乱中，韦庄与弟妹失散，独自匆匆逃往洛阳，岂知战火早已蔓延至此，真可谓四海鼎沸，哀鸿遍野。

那时的韦庄，已年近半百，皇城的陷落令其颠沛流离，风餐露宿。

唐僖宗逃去蜀地，他丢下这残败不堪的江山，又待何人来收复？

二 画船听雨眠

苦于飘零的韦庄，想到了江南。自古江南乃风流富贵之地，钟灵毓秀，鸾翔凤集。

那里，有杏花烟雨、石桥杨柳。那里，山水温丽，风光旖旎。那里，时光静好，岁月娉婷。

就这样，韦庄从战火中一路风尘徙转，来到江南。此处果然是风景如画，莺歌燕舞。动乱的年代，人间尚有这一片温柔的净土栖居心灵，他甚觉宽慰。

亦是在动乱逃亡中，他创作了长篇叙事诗《秦妇吟》。诗中借一位长安逃难出来的妇人之口，描述当时黄巢起义的社会乱象，真实生动。

秦妇吟 （节选）

家家流血如泉沸，处处冤声声动地。

舞伎歌姬尽暗损，婴儿稚女皆生弃。

东邻有女眉新画，倾国倾城不知价。

长戈拥得上戎车，回首香闺泪盈把。

旋抽金线学缝旗，扶上雕鞍教走马。

有时马上见良人，不敢回眸空泪下。

西邻有女真仙子，一寸横波剪秋水。

妆成只对镜中春，年幼不知门外事。

一夫跳跃上金阶，斜袒半肩欲相耻。

牵衣不肯出朱门，红粉香脂刀下死。

　　此诗构思严谨宏大，情节曲折动人，语言流丽精妙。写成后，曾风靡一时，为时人竞相传诵，声势浩大，盛况空前。后人将它和《木兰诗》《孔雀东南飞》并称为"乐府三绝"。

　　这位憔悴的诗人，被历史的惊涛骇浪淹没，幸而在江南有一檐栖身。竟不想，这一住，便是十年，于他心底，江南宛若前世的故里。

　　这些年，他游历江南各地，赏遍万紫千红。从衢州到金陵，再到润州、婺州、信州等地，辗转飘零，风景看透。

　　他用十年光阴，纵情江南山水，写下锦诗丽词。这十年，虽一路游走，但闲逸悠然。这十年，亦是他诗词创作的巅峰时期。

台城

江雨霏霏江草齐，六朝如梦鸟空啼。

无情最是台城柳，依旧烟笼十里堤。

古离别

一生风月供惆怅，到处烟花恨别离。

止竟多情何处好，少年长抱少年悲。

最让人缱绻难忘的，不是韦庄的诗，而是他晚年写下的那五首《菩萨蛮》。

他追忆往昔在江南恣意尽情的岁月，将生平饱经离乱之苦、飘零四海之感，以及思乡怀旧之情，皆倾注于词中，情致缠绵，感人肺腑。

菩萨蛮

人人尽说江南好，游人只合江南老。

春水碧于天，画船听雨眠。

垆边人似月，皓腕凝霜雪。

未老莫还乡，还乡须断肠。

菩萨蛮

劝君今夜须沉醉，尊前莫话明朝事。

珍重主人心，酒深情亦深。

须愁春漏短，莫诉金杯满。

遇酒且呵呵，人生能几何。

浣溪沙

夜夜相思更漏残，伤心明月凭阑干，想君思我锦衾寒。

咫尺画堂深似海，忆来惟把旧书看，几时携手入长安？

他极尽辞藻描写江南的妙意：画船烟雨，皓腕霜雪……这里虽有繁花烟柳、佳人美眷、诗酒琴茶、赏不尽的风花雪月，但他本是洛阳才子，来此只是避乱，终究是江南的过客。他在江南，思乡情切。后来去了蜀中，令他魂牵梦萦的，却并非洛阳，而是江南。

时光平息了那场漫长的战争，时光亦催人老去。江南温软明秀的山水，令他痴迷，不忍辞别。然他并未就此停留，而是选择重新上路。

他打点行装，回长安应试，一路上饮尽风尘，心思难安。

三　聚散十年人不同

这世上，每一次离别，都是为了重逢。只是故人不再，何以相逢。

经历了战火的长安，虽不复当年盛景，但王气不散，保持着它的荣耀与华贵。

若不曾亲历世乱，如今打马长安，醉饮酒肆，无人知晓这里曾经也有过生灵涂炭，民不聊生。

风烟过后，山河仍自静好。市井喧嚣如昨，依旧是商贾云集，诗客往来。

有时，他置身于这座皇城璀璨的灯火下，甚至已经忘记了那段伤痛，亦模糊了人世悲喜。历尽沧桑，尝遍苦楚，但他百折不挠，不慌不忙地等待命运的眷顾。

岁月待人无情，却也友善。他数十年的辗转等候，所为的亦是"春风得意马蹄疾，一日看尽长安花"。

在韦庄近六十岁之时，终于进士及第，这份惊喜，迟到太久。他的盛年，都给了乱世，不曾料到，花甲之龄，恰是他仕途的开始。

他被朝廷任命为校书郎，官服着身，一时间百感交集，热泪盈眶。

关河道中

槐陌蝉声柳市风，驿楼高倚夕阳东。

往来千里路长在，聚散十年人不同。

但见时光流似箭，岂知天道曲如弓。

平生志业匡尧舜，又拟沧浪学钓翁。

人生聚散，年华老去，消磨了他曾经的壮志雄心。他亦想做个散淡钓翁，钓一池沧浪之水，钓一江明月清风。但这份功名来之不易，他须倍加珍惜。

彼时朝廷，看似平静，却有一种风雨欲来之势。果然，西川节度使王建和东川节度使顾彦晖互相攻击，局势紧张。

韦庄奉唐昭宗之诏令，随谏议大夫李询赴蜀调停战乱。

抵达蜀地，王建接到诏书，毫不理会，不肯罢兵。他大败顾彦晖，两川之地被其所占。

亦是此次入蜀，王建十分赏识韦庄，欲招他至幕下，韦庄并未应允。他虽知朝廷混乱，李唐江山岌岌可危，但不想轻举妄动，打算静观其变。

四 平生志业匡尧舜

回到长安的韦庄，被任为左补阙。朝廷的局势每况愈下，日薄西山，这争了半生的功名，也未必真的就那样好。但此时此刻，他没有理由退让，亦无处可去。

光化三年（900年）十一月，宦官发动了宫廷政变，囚禁昭宗，假拟圣旨，立太子李裕为帝。韦庄对这没落王朝彻底绝望，他知道，他的逗留已毫无意义。就在韦庄惆怅迷惘时，他得到了王建的邀请，命他为掌书记。

韦庄走了，走得决绝，也无挂碍。原以为，只有长安可以收留一个倦客寂寞的灵魂，原以为，只有长安可以给他一片理想的天空。

他错了，晚唐的风景早已繁华谢幕，破败不堪。他的离开，是对自己的救赎，也是解脱。

策马扬尘，这苍茫的古道，迎来者，也送行人。来到蜀中，此时的韦庄已是年迈体衰，但他尽力辅佐新主，勤于政务。

这期间，他阻止了蜀内部的战争，还避免了来自外部藩镇的战争。种种政绩，亦算是不负新主的知遇之恩。

天祐四年（907），朱温篡位，建国号梁，以开封为国都，史称后梁。唐哀帝被迫离开了他的龙椅，繁盛了数百年的唐王朝，走到了它的终点。

那些曾经风华绝代的人物——帝王将相、诗人文客，都成了大唐历史，亦做了长安城的匆匆过客，并且一去不复返。

韦庄和诸将劝王建称帝，道："大王虽忠于唐，唐已灭亡矣，此所谓天与不取也。"于是，王建率领官员、百姓痛哭三日，随后即皇帝位，国号大蜀。

韦庄自此晋升左散骑侍，次年官拜宰相。这看似无限风光，万千荣耀，背后不知掩藏了多少辛酸。

他经历过山河破碎，流离失所，被人忽略，又被人重视。每一步，都如履薄冰，但他始终保持一种谦卑又谨慎的姿态，故而有今日这番作为。

五　除却天边月，没人知

他老了，放下繁忙的政务，他只想重拾他喜爱的诗词。他梦里挥之不去的是江南，是那承载了他十年岁月的江南。那里，似有未尽的心事，有未了的情缘。

荷叶杯

记得那年花下，深夜，初识谢娘时。水堂西面画帘垂，携手暗相期。

惆怅晓莺残月，相别，从此隔音尘。如今俱是异乡人，相见更无因。

后来，韦庄在浣花溪畔寻得当年杜工部的旧居。虽年深日久，荒草萋萋，但痕迹犹存，他遂重修了草堂。江南已远，长安亦成往事，但幸而浣花溪畔有诗情，杜甫草堂有古意。

当年杜工部一句"安得广厦千万间，大庇天下寒士俱欢颜，风雨不动安如山！"令无数文人墨客心痛不已，又无能为力。若他知晓有这样一个人物，为之重修草堂，亦该倍感欣慰。

日后，或还有风雨相侵，战火来袭，但至少此刻的草堂，宁静闲淡，世事不惊。至少，他们可以隔了时空，对酒当歌，吟诗作句，惺惺相惜。

他们都曾在大唐的国土飘零，经过战乱，受过屈辱。但又各自与这个王朝挥手作别，除了身后之名，又还能留下什么？

　　七十五岁的韦庄，逝世于成都花林坊。他的一生，比寻常的诗人词客，更有一段传奇。他大半辈子都在游历，等待机遇，只有晚年，他寻到了自己的归宿。

　　"不知魂已断，空有梦相随。除却天边月，没人知。"窗外的月，落了厚厚的一地月光，无从捡拾。

　　千百年了，月盈月亏。亦不知，它是否还记得他当年的那段多情往事，以及你和我都不知晓的诺言。

图书在版编目（CIP）数据

大唐诗客 / 白落梅著 . -- 长沙：湖南文艺出版社，2022.7（2024.6 重印）

ISBN 978-7-5726-0578-9

I.①大… Ⅱ.①白… Ⅲ.①传记文学－作品集－中国－当代 Ⅳ.①I25

中国版本图书馆 CIP 数据核字（2022）第 010518 号

上架建议：文学传记

DATANG SHIKE

大唐诗客

作　者：	白落梅
出 版 人：	陈新文
责任编辑：	刘雪琳
监　制：	于向勇
策划编辑：	陈文彬
文字编辑：	罗　钦　柳泓宇
营销编辑：	段海洋　时宇飞
装帧设计：	沉清 Evechan
封面题字：	童亮昭
封面绘图：	呼葱觅蒜
插　图：	视觉中国
内文排版：	麦莫瑞
出　版：	湖南文艺出版社
	（长沙市雨花区东二环一段 508 号　邮编：410014）
网　址：	www.hnwy.net
印　刷：	三河市中晟雅豪印务有限公司
经　销：	新华书店
开　本：	875mm × 1230mm　1/32
字　数：	149 千字
印　张：	7.5
插　页：	4
版　次：	2022 年 7 月第 1 版
印　次：	2024 年 6 月第 3 次印刷
书　号：	ISBN 978-7-5726-0578-9
定　价：	52.00 元

若有质量问题，请致电质量监督电话：010-59096394

团购电话：010-59320018